あの映画みた？

井上荒野 × 江國香織

新潮社

あの映画みた？

目次

II

イラストレーション ／ MASAMI
装幀 ／ 新潮社装幀室

あの映画みた？

はじめに

三十年来の仲良しである江國香織さんとは、一緒に食事をしたりお酒を飲んだりするたびに、それはもういろんな話をします。その中でも映画というのは、本についてと同じくらい、愉しいサブジェクトなのでした。

「ねえねえ、あれ観た?」とどちらかが言い、最初の返事が「観た観た!」であっても、「あー、まだ観てない」であっても、話はいくらでも広がります。映画の話をしていたはずが、気がつくとこの世界の現実というものに驚嘆していたり、あるいは憤ったり呆れたり、もちろんときにはうっとりしていたりするのも、本について話すときと同じです。

私も彼女も、物語というものを本当に愛しているのだと思う。ストーリーや脚本は言うに及ばず、映画という表現方法に特有の、音や音楽やカメラワークも、もちろん物語の一部になりえます。相手がまだ観ていない映画について説明するときも、ふたりとも観ている映画について順番に語り合うときも、そのたびに物語が書き足され、あるいはまったくべつの物語としてあらわれることもあり、それが本当に面白くて仕方がない。

あまりにも面白いので、記録してみたい、という気持ちになったのでした。それがたぶん、この対談集を思いついたきっかけです。対談のときは（仕事なので）お酒は飲まなかったけれど（対談が終わってから飲みました）、普段、レストランやバーで交わすのと同じように、ときどきゲラゲラ笑いながら、ときどきしんみりしながら、語り合いました。

だから当然、映画のレビューなどでは注意深く扱われている「ネタバレ」にはかまっていません。主人公の行く末について、いきなり言及していたりする場合もありますが、そこはどうかご容赦ください。物語の面白さは結末を知ることではなく読むことにある、という私たちの基本的態度を、言い訳として表明しておきます。

願わくば、本書を読んだ方々が、私たちと一緒にお喋りしているような気持ちになってくださいますように。そしてまだ観ていない映画はもちろん、観たことがある映画だとしても、私たちがよくそうするように、「うわー、それ観たい！」と（声には出さずとも）叫んでくださいますように。

井上荒野

I

いい女

動じない女に惹かれる

井上　「いい女」と聞いて、最初に頭に浮かんだのは、『ひまわり』[1]のソフィア・ローレン。

江國　うん、わかる。あの豊かさはいいね。

井上　地に足がついている感じ。土の中から出てきたみたいな女なんだけど、男と出会って恋に落ちると、一転して艶っぽくなるのもいい。

江國　イタリア映画だからね。

井上　その後、夫が戦争に行ったまま帰ってこなくなってしまって、やっと見つけたと思ったら、他の女と暮らしていた。それがわかった時の、呆然とした表情が忘れられない。怒って嘆いて、最終的には男を女に譲る。その運命の受け入れかたがグッとくる。

江國　ソフィア・ローレンは『昨日・今日・明日』[2]でもいい女っぷりを発揮していた。この映画の中では、ソフィア・ローレンは犯罪者。どうもその時代のイタリアは、妊娠中の女性は捕まらないという法律があったらしくて、そのために、夫に頑張らせて常に妊娠している。なかなか笑えるんだけど、でもかっこいい女なのよ。

井上　常に妊娠って……。ソフィア・ローレンの演じる女は、いつも堂々としているのがいいよね。どっしりしてる、というか。

江國　そういう意味では、私は『髪結いの亭主』[3]が好きだな。

井上　いいね。私も『髪結いの亭主』は今回のテーマに合うと思っていた。

江國　あの奥さん、「エロママ」だよね。

井上　彼女が着ている、むっちりした体に張りつく花柄のワンピースがすごくいいんだよね。ああいうワンピースがどこかにないかなって探した時期があったよ。体型も何もかも違うのにね。

江國　いやいや、似合いそうだよ。

井上　全体的に「ぞんざいな感じ」な女であるところがよかった。本能だけに忠実で、ほかのすべてに対してはぞんざいという感じがカッコよかったんだな。

江國　ぞんざいといい女って、何かありそうだね。丁寧といい女って、結びつかないもん。あの女優、アンナ・ガリエナは『ハモンハモン』[4]のお母さん役もやっていたよね。

井上　そうか、『髪結いの亭主』の奥さんが、『ハモンハモン』のお母さんだったのか。

江國　お母さんで、しかも娼婦でっていう役。私が今回「いい女」って考えて、まず思いついたのは彼女だった。可愛がっていたペットの子豚が、バイクでひき殺されちゃうんだけど、お母さんはそれを焼いて食べちゃうんだよね。家族のために奮闘していて、たくましいの。

井上　いいよね。起きてしまったことを的確に処理する感じ。ここで泣いたり騒いだりしているヒマはない、っていう感じ。どうも私は、動じない女に「いい女」を感じるみたい。『バグダッド・カフェ』[5]のジャスミンとか。

江國　あの太った女の人？

井上　そう。砂漠の真ん中で夫とケンカして、ひとりでズカズカ歩いていっちゃう。辿り着いたのがバグダッド・カフェで、そこでもマイペースに暮らす。

江國　そうだった。懐かしい。

井上　美人じゃないけど、夫と別れてからどんどん魅力的になるの。最後は絵描きにお願いされて、ヌードモデルになったりして。

江國　いいよねえ。個として魅力的。人間関係のなかでどう行動するかも大事だけれど、それ以前に個体としてね、何が好きで何が嫌いか、何をして何をしないか。どういう人間であるのか。

井上　動じないし、行動原理がシンプル。すごく好き。あとは、ジェシカ・ラングはどう？　ヴィム・ヴェンダース監督の『アメリカ、家族のいる風景』[6]のジェシカ・ラング。

江國　あ、サム・シェパードが出ているやつだ。映像がきれいだったね。でもあの映画は、サム・シェパードの汚れ方が激しかった。ハンサムなサム・シェパードのファンだったから、ちょっとショックだった。

井上　サム・シェパードが俳優の役なんだよね。ある日、母親に「あんたには息子がいる」って言われて、探しに行く。そうしたら、かつてロケをした街で関係を持ったウエイトレスが、息子を産んでいた。そのウエイトレスがジェシカ・ラング。それで、サム・シェパードが訪ねて行くと「あらまあ」みたいな反応で。全然盛り上がらず、むしろちょっとイヤな顔をする。

江國　なるほど。

井上　昔の男が訪ねて来た時に「わあ」とか「ど、どうして……」とか動揺せずに「あらまあ」と言えるのが、かっこいいよね。

江國　夫なり恋人なり別れた男なりがいて、そこには愛はある、もしくはあったんだけど、それがすべてではない生き方をしているってことかな。

井上　あと、自分で決めたことに言い訳しないというところも。ジェシカ・ラングは、ジム・ジャームッシュ監督の『ブロークン・フラワーズ』[7]でも同じような役をやっていたよね。

江國　あれ、話も同じような感じじゃない?

井上　『ブロークン・フラワーズ』は、女のほうから「あなたの子供がいます」って手紙が届くの。それで男は、昔つき合っていた女たちを訪ねて行く。その女たちが、みんないいんだよね。昔の男が訪ねて来たのに「あら、来たの?」みたいな態度。その中のひとりがジェシカ・ラングだった。

江國　これから、昔の男をクールにあしらうのをジェシカ・ラング的態度と呼ぼう。

井上　『郵便配達は二度ベルを鳴らす』[8]の彼女もよかった。あのワイルドな感じ。

江國　うん。善悪にかかわらず、自分の中ではちゃんとつじつまが合っている。個人的に筋が通っている感じ。

井上　自分の中のつじつま、っていうのは重要なポイントだね。自分で決めたら、それが社会的に正しかろうと正しくなかろうとやり遂げる女。

江國　私が映画を観ていて「いい女だな」って思うのは、さっきの『ハモンハモン』みたいな「家族のために奮闘する女」の他に、なぜか「復讐する女」が多いの。

井上　復讐かあ。奮闘からさらに積極的に行動しているな。

江國　『アフリカの女王』[9]のキャサリン・ヘップバーンは？　お兄さんを殺されて復讐するオールドミスの役。その時たまたま知り合うのが酔っぱらいの船乗りのハンフリー・ボガートで、やがて恋に落ちるんだけど、その恋に落ちるところではなく、復讐に燃えているところが、個人的でぐっとくる。

井上　自分の正義で動いてるってことかな。
江國　そう！　社会通念より個人の正義！

「美女」とはちょっと違う

江國　「いい女」の定番ということで思いついたのは、たとえば『裏窓』[10]のグレース・ケリー。恋人役のジェームズ・スチュアートが足を怪我して車いすに乗っていて、グレース・ケリーは彼をサポートするというよくできた女の役。でも、私はどうもそういう定番っぽい人より、さっきのソフィア・ローレンとか、アンナ・ガリエナとかの方に気持ちが行ってしまう。ちょっとダメなところがあったり、悪女だったり、所帯染みていたりする方が色鮮やかで、豊かなのね。
井上　あとは「自由な女」であることが私にとっては大事なのかな。自由に、やりたいようにやってる感じ。超然としていて、この亭主やだ、って殺したいと思ったときに本当に殺しちゃったり。

江國　別れたり、だましたり、殺したり。それを着々とやってのける。

井上　そう。その着々感に憧れるんだね。どんなに悪いことをしたとしても、それを決めたのは自分だという確信があるんだよね。だから言い訳しない。後先も考えない。結果的に不幸になるかもしれないけど、それでも躊躇しないで、とにかく今、やるべきことをやる。

江國　私たち、着々感ないかなあ。

井上　私にはありません……。着々としないことに、むしろ知能を使ってるから。

江國　荒野さんは着々感のなさが美しいと思うな。とりとめのなさというか、戸外で風に吹かれてるような感じというかね。私自身はどうかというと、たぶん、突発的に着々感が発生するの。突発的だから、でもそれは全然着々にならない。むしろ取り散らかり感？

　映画の中で、グラビアっぽい美女をいいなと思うことはあまりないんだけど、でも「いい女」で「美女」っていないかなと思って考えてみたら、ペネロペ・クルスはいいなって思った。

井上　アルモドバルの作品に出ているペネロペはすごくいいよね。

江國　そうそう、たくましい女の役が多いし、色っぽいし、大胆だし。一番好きなのは『ライブ・フレッシュ』[11]だけど、いい女感が高いのは『ハモンハモン』かもしれない。

井上　やっぱりスペイン映画に出てくる女ってちょっとすごい。独特の女性像だよね。アルモドバル監督の映画に出てくる女なんて、みんなそうじゃない？　『アタメ　私をしばって！』[12]とか。あれはアルモドバル監督の女性観もあるんだろうけど、ストーカーみたいな男にベッドに縛られて軟禁されて、でもその男を愛してハッピーエンドになるというとんでもない話を、「都合のいい女」ではなく女の意志として、あるいは愛の真実として描いているのがいい。その点、たとえばエマニュエル・ベアールはきれいだけど「いい女」って感じじゃないなあ。

江國　彼女がというより、彼女の演じている役柄がね。

井上　あ、『ボディクライム　誘惑する女』[13]は？　エマニュエル・ベアールは好きな男がいるんだけど、その男は昔、何者かに奥さんを殺された過去があって、そのことが忘れられないの。でも彼女は早く事件を解決したくて、たまたま会ったハーヴェイ・カイテル演じるタクシー運転手を犯人に仕立て上げて、男に殺させようとする。タクシー運転手はエマニュエル・ベアールにぞっこんで、一度川に沈められそうになるところを自力ではい上がって「一緒に逃げよう」って言うんだけど、エマニュエル・ベアールは一度同意したフリをしながらも、刺して殺しちゃう。で、好きな男と一緒になるという。

江國　あはははははは。

井上　やりたい放題だよね。うん、あれはなかなか「いい」エマニュエル・ベアールだった。

江國　それいいね。「いい」エマニュエル・ベアールと「つまんない」エマニュエル・ベアールがいる。たとえばメグ・ライアンは、『恋人たちの予感』[14]と『イン・ザ・カット』[15]ではとてもいいのに、他の作品では精彩を欠いているし、ジョディ・フォスターは、『ホテル・ニューハンプシャー』[16]とか『おとなのけんか』[17]みたいな、どこかに狂気を宿した役のときがよくて、正義の味方役だと途端につまらなくなっちゃうとかね。

井上　いわゆる「いい女」とは少し違うけど、少し前に『幸せパズル』[18]という映画を観たの。平凡な五十歳の主婦が、パズルの才能があることを知って、家族に内緒で男性のパートナーと大会にエントリーする。やがてその男をちょっとだけ好きになっちゃって、一歩だけ踏み出すの。つまり一度だけ寝ちゃうんだけど、それがね、なんかいいの。ごく自然に寝て、そのあと大して気がとがめない。その後は何かあるわけではなく、普通に家庭に戻っていくんだけど、その余裕がいいなって思って。気がとがめないのは理想だねえ。実際には少しはとがめてるんだろうけど、「とがめないことにしよう」って決めてる感じがいいんだな。

江國　気がとがめないといえば、『やわらかい手』[19]は？　主演のマリアンヌ・フェイスフルが見たくて行ったんだけど、映画自体もよかった。孫のために手で男の人を慰める仕事をする女性の話。穴から手だけ出して男の人に快感を与える仕事で、手だけだから年齢は関係ないし、しかもゴッドハンドなの。それでお金を貯めて病気の孫の手術代を稼いでいる。普通だったらやらないようなことを自分の責任で選んでやっているし、決めた以上は最後までやり通す。そこに全然気のとがめがないところが恰好いい。

井上　ああいう役を引き受けたマリアンヌ・フェイスフルもいい女だと思うな。

泣かない女と、泣いて騒ぐ女

井上　『ぼくを葬《おく》る』[20]って観た？

江國　ううん、観てない。

井上　ハンサムなカメラマンの男の子が末期がんでもうすぐ死ぬことがわかってから、死までを描いたもの。その映画に出てくる彼のおばあさんが、ジャンヌ・モローなの。

江國　ほう。

井上　彼は家族とあまりうまくいっていなくて、自分がもうすぐ死ぬことは誰にも言っていないんだけど、おばあさんにだけは言いに行く。で、実は死ぬんだって言われた時のジャンヌ・モローが、全然泣いたり騒いだりしないの。「ほほう」って感じで、淡々と受け止めて。「あらそうなの」みたいな。最後に彼がクルマで帰っていくのを見送りながら、やっと涙を流すの。

江國　ああ。見たかのように想像できる。

井上　私は、自分がすぐに泣いたり騒いだりするもんだから、映画の中ではそういうことをしない女に憧れる。

江國　泣いたり騒いだりしちゃだめ？

井上　いや、いい（笑）。騒いでもいい。でもその場合は、もうくるったように全身全霊で騒いでほしいな。私がときどきやるみたいに、横目でチラチラ効果を窺いながら泣いたり騒いだりするのはダメ（笑）。
『アメリカ、家族のいる風景』では、サム・シェパードが動揺して、ジェシカ・ラングに「もう一度やり直そう」とか、「結婚しよう」とか言うんだよね、そうすると、ジェシカ・ラングはすごい顔するの。怒ってるっていうか、呆れてるっていうか。「全然それ本気で言ってないでしょ」って。

江國　子供がいると、「昔の男」っていうだけじゃなくて「子供の父親」でもあるわけで、きっと父親としての男は、受け入れる。

井上　子供との関係は子供のものとして尊重してるんだろうね。そして、彼女たちはいつも未来を見ているよね。男よりも、「生きていく」ということを重要視している気がする。捨てられた恨みなんていうのは飛ばして……。

江國　うん、うん、飛ばしてるね。ねえでも、今回挙げた映画ってだいたい「男とうまくいってない女たち」ってことになってない？

井上　男とうまくいっていない時の女の対応に……

江國　「いい女」度が問われる。そういうことだね。

―『ひまわり』一970年イタリア。監督ヴィットリオ・デ・シーカ、出演マルチェロ・マストロヤンニ、ソフィア・ローレン他。

2『昨日・今日・明日』一九六三年イタリア／アメリカ。監督ヴィットリオ・デ・シーカ、出演マルチェロ・マストロヤンニ、ソフィア・ローレン他。

3『髪結いの亭主』一九九〇年フランス。監督パトリス・ルコント、出演ジャン・ロシュフォール、アンナ・ガリエナ他。

4『ハモンハモン』一九九二年スペイン。監督ビガス・ルナ、出演ペネロペ・クルス、アンナ・ガリエナ他。

5『バグダッド・カフェ』一九八七年西ドイツ。監督パーシー・アドロン、出演マリアンネ・ゼーゲブレヒト、CCH・パウンダー他。

6『アメリカ、家族のいる風景』二〇〇五年ドイツ／アメリカ。監督ヴィム・ヴェンダース、出演サム・シェパード、ジェシカ・ラング他。

7『ブロークン・フラワーズ』二〇〇五年アメリカ。監督ジム・ジャームッシュ、出演ビル・マーレイ、ジェフリー・ライト、ジェシカ・ラング、シャロン・ストーン他。

8『郵便配達は二度ベルを鳴らす』一九八一年アメリカ。監督ボブ・ラフェルソン、出演ジャック・ニコルソン、ジェシカ・ラング他。

9『アフリカの女王』一九五一年イギリス／アメリカ。監督ジョン・ヒューストン、出演ハンフリー・ボガート、キャサリン・ヘップバーン他。

10『裏窓』一九五四年アメリカ。監督アルフレッド・ヒッチコック、出演ジェームズ・スチュアート、グレース・ケリー他。

11『ライブ・フレッシュ』１９９７年スペイン／フランス。監督ペドロ・アルモドバル、出演リベルト・ラバル、ハビエル・バルデム、フランチェスカ・ネリ他。

12『アタメ　私をしばって！』１９８９年スペイン。監督ペドロ・アルモドバル、出演ビクトリア・アブリル、アントニオ・バンデラス他。

13『ボディクライム　誘惑する女』２００６年フランス／アメリカ。監督マニュエル・プラダル、出演ハーヴェイ・カイテル、エマニュエル・ベアール他。

14『恋人たちの予感』１９８９年アメリカ。監督ロブ・ライナー、出演ビリー・クリスタル、メグ・ライアン他。

15『イン・ザ・カット』２００３年アメリカ。監督ジェーン・カンピオン、出演メグ・ライアン、マーク・ラファロ、ジェニファー・ジェイソン・リー、ケヴィン・ベーコン他。

16『ホテル・ニューハンプシャー』１９８４年アメリカ。監督トニー・リチャードソン、出演ジョディ・フォスター、ロブ・ロウ他。

17『おとなのけんか』２０１１年フランス／ドイツ／ポーランド。監督ロマン・ポランスキー、出演ジョディ・フォスター、ケイト・ウィンスレット他。

18『幸せパズル』２０１０年アルゼンチン／フランス。監督ナタリア・スミルノフ、出演マリア・オネット他。

19『やわらかい手』２００７年イギリス／フランス／ベルギー／ドイツ／ルクセンブルク。監督サム・ガルバルスキ、出演マリアンヌ・フェイスフル、ミキ・マイノロヴィッチ他。

20『ぼくを葬る』２００５年フランス。監督フランソワ・オゾン、出演メルヴィル・プポー、ジャンヌ・モロー他。

笑い

ハートウォーミングなのはダメ

井上　今回のテーマは、笑える映画。最初は「コメディ」というテーマになりそうだったのを、変えてみたんだよね。

江國　そう。コメディ映画の話をするんじゃなくて、笑える映画ってどんなものだろうということを考えてみようと思ったら、挙げたい作品の幅がぐっと広がった。いい映画ってたいてい笑えるでしょう。

井上　そうだね。何に笑えるのか、っていう話だね。笑わせようとしているだけの映画だと、観ても忘れてしまうんだよね。

江國　私ね、いろんな笑いのなかでも一番好きなのって、「頓狂」なんだっていうことに気がついたの。

井上　素っ頓狂？

江國　そう、素っ頓狂。でも、本人たちはシリアスなの。大真面目。たとえば『ザ・ロイヤル・テネンバウムズ』[21]。お父さんが張り切って息子を連れてジョギングしたり、家のなかの秩序を保たせようとするんだけど、うまくいかない。みんな何かズレてる。奇妙で頓狂な家族を描いている。真面目な頓狂には切なさがあるの。

井上　ああ、あれは面白かったね。あの独特な色合いもそうだけど、全体的に不安定な世界を、頓狂が釘みたいに止めつけてるっていうか。

江國　それから『トラスト・ミー』[22]っていう作品。

井上　それはどういう映画？

江國　小さくてめがねをかけた女の子が、背の大きな男の人を好きになるの。そして男女の信頼の証だといって、高いビルから、「つかまえて」って言って飛び降りちゃう。男の人は大きいし、その子は小さいから、あわてて抱きとめられるんだけど、「次にあなたがやって、私を信じて」って。最初は「無理だ」って言ってるんだけど、男の人は最後には飛ぶの。それはコメディじゃないんだけど。

井上　え、コメディじゃないの!?

江國　ジャンルとしてはコメディじゃない。私の中では好きな恋愛映画のベスト3にも入っちゃう作品なんだけど、それでもやっぱり頓狂な話なの。観た人みんながゲラゲラ笑うわけじゃないと思うけど、でも私は笑っちゃう。

井上　ちょっと分かるなあ。あと私が思ったのは、結局、ハートウォーミングな話が嫌いなんだってこと。

江國　全面的に同意します。

井上　物語がハートウォーミングに落ち着きそうってときに、違うほうに進むと「よかった」って思う。

江國　うん、「よかった」って思うよね。

井上　そしてそこでニヤニヤできると最高だね。

一番笑えるのはトム・クルーズ

井上　実は、私が一番笑えるのは「トム・クルーズ」なんです。

江國　ははは。トム・クルーズが笑えると。

井上　トム・クルーズが、一生懸命何かをやっているところ。『ミッション：インポッシブル』[23]で、一生懸命走る、その走り方がおかしくてしょうがなくて。それで、みんなも同じこと思ってるんじゃないのかなって、「トム・クルーズ走り」でネット検索したことがある。そしたら何人かいた。

江國　えー！　ホントに？

井上　「トム・クルーズ走り」ってみんな言ってるんだって。

江國　ふうむ。謎だ。

井上　誠実すぎるんだよね、たぶん顔の造りが。昔っぽい二枚目っていうか。誠実すぎる顔で一生懸命行動すると、何か過剰な感じになるんだと思う。

江國　そうなのかなあ。ごめん、私にはそれも謎だ。

井上　え、ホント？　そうなのかなあ。じゃあ、『マグノリア』[24]は？

江國　観たことないです。

井上　トム・クルーズは女を「こます」ための本を書いてるカリスマ役なの。そして講演会で「いい女がいたらお前らどうする?」「こうする!」って、腰をカクカク動かす。カリスマっぽい語り口がすごくおかしい。あとは、トム・クルーズがロックスターになる『ロック・オブ・エイジズ』[25]。『マグノリア』のセックス教祖よりも、さらにキワモノっぽい役を、すごく気持ちよさそうにやってていいんだなあ。

江國　そうか。想像できないな。トム・クルーズが気持ちよさそうにそれやってるのって。

井上　ぜひ観てもらいたい。

シリアスな役者がやるから面白い

江國　役者さん次第っていうのもあるね。昔だと、ビリー・ワイルダーの作品に出ていたジャック・レモンとかウォルター・マッソーとか、コメディが多い役者さんだけど、シリアスな演技もうまい。トム・クルーズもいっしょで、シリアスなものが似合う人がコメディやるのが面白いんじゃないかな。

井上　そうだね。

江國　それで言えば、『ドッグ・ショウ！』[26]っていう映画は面白かった。色々な愛犬家が出てくるんだけど、私が一番好きなのはね、クリストファー・ゲストっていうシリアスな俳優が演じる愛犬家。いかにもアメリカのストイックマッチョっていう感じで、にこりともしない。犬もきちんと調教してある。でも、犬と話すときに、犬語を話すの！　大真面目に。この映画のなかでも一番シリアスな役、シリアスな感じの役者さんだから一番おかしい。

井上　ああ、それは観たい。

江國　シリアスなのが笑えるというなら、もう一つ、笑っちゃったのが、『おとなのけんか』[17]。

井上　『おとなのけんか』！　あれは面白かった。

江國　そう。二組の夫婦の、子供同士がけんかするの。公園で子供たちが遊んでて、片方の子供がケガをさせちゃう。でもそのシーンは最初のオープニングタイトルぐらいで終わって、セリフもなく。で、いきなりアパートのなかでジョディ・フォスターが供述書を書いているのが映画のはじまり。そして、親同士が話し合いをする。

井上　でも最初は「まあまあ」「うちこそごめんなさい」みたいな感じなんだよね。それが徐々に険悪になって、最後には夫婦同士のけんかになる。あれはけっこう身につまされる。

江國　妻の夫に対する不満や、夫の妻に対する不満が出て来て、そうそうって思う。これは夫婦やカップルで観ちゃいけない。

井上　ジョディ・フォスターが真面目な役で、とにかくずっとしゃべってる。笑わせようっていうつもりは全然ないのに、どんどんのっぴきならなくなっていくところがおかしいのよね。

江國　そう！　そしてどんどん人が追いつめられていく。さっきの『ドッグ・ショウ！』も同じで、ふだん見えない愚かしいところが見えると……、身につまされる。人は身につまされると笑うんだね。

井上　うう……それこそ身につまされるよ。

江國　ジョディ・フォスターのヒステリックなくらい真面目で杓子定規なところとか、犬が大好きな人が赤ちゃん言葉になっちゃうところとか、愚かしさには、切実なおかしみがあるんだよね。それを映画で上手に見せてもらうと、こっちは笑っちゃう。

井上　映画では多少デフォルメされてるとは言っても、同じような愚かしさが自分のなかにもあるからなんだよね。「たはは」って感じで笑っちゃう。思い出し笑いといってもいいかも。

江國　まさに。

びっくりすると笑ってしまう

井上　ちょっと雰囲気変わるけど、『メタルヘッド』[27]もよかった。交通事故で母を亡くした息子とお父さん。二人ともすごい落ち込んじゃってる。そこにいきなり一人の男が現れて、彼と関わることによって、二人ともちょっとずつ、元気になっていくっていう、筋だけ見ればすごくいい話。だけどその男が、下品でむちゃくちゃな、どうしようもない男なの。車に火をつけちゃうわ、男の子の初恋の女の子と寝ちゃうわ、それが痛快。で、こいつは誰だって思いながら観るんだけど、最後まで分からない。結局、もしかしたら神様?って感じで終わる。そこがすごくシャレてて、最近観たなかで一番面白かった。

江國　私ね、映画のなかでも実生活でも、びっくりして「そんな!」って思うと、反射的に笑っちゃうところがあるの。

井上　たぶん、映画でも小説でも、もしかしたら実生活でも、「意表を突かれたい」という願望があるんじゃないかな。

江國　でもそれ、人によるのかな。「そんな!」って思ったときに眉間にしわを寄せる人もいるかな。私は笑っちゃうんだけど。『暗くなるまでこの恋を』[28]もそうだったな。

井上　どんな映画だっけ?

江國　もともとはウィリアム・アイリッシュの原作だから、ちょっとミステリー。ジャン＝ポール・ベルモンドが金持ちの役で、美しいカトリーヌ・ドヌーヴと見合い結婚するんだけど、お金目当かもって疑うの。最初から実にあやしい感じなのよ、ドヌーヴは。でも信じることにする。でもやっぱりお金目当で、財産すべて持ち逃げする。激怒したベルモンドが追うと、ドヌーヴは戻ってくるの。よくわからない言い訳をして。でね、ベルモンドがそれを受け入れると、今度はコーヒーに毒を盛る。でも二人は愛し合っていて、ベルモンドは死にかけでヨロヨロなのに、二人で歩いてどこかへ行く。それでおしまい。あっけにとられる。あまりにもびっくりして、これで終わりなはずがない、こんな話のはずがないっていうぐらい唖然とした。それも私のなかでは「おかしかった」に分類されちゃうんだけどね。

井上　「そういうことがこの世のどこかで起きてほしい」と思ってるんだよ、きっと。あと、これは起きてほしいわけじゃないけど、『パーフェクト ストーム』[29]っていう、船が遭難する話。船が嵐にあって六名の乗組員が嵐と戦うんだけど、最後はみんな死んじゃうの。

江國　みんな死んじゃうの？

井上　そうそう。笑っちゃうよね。あれだけやって、やっぱみんな死ぬのかって。

江國　うん。茫然として、笑う。なんだろうね、どうしてびっくりすると笑うんだろう。衝撃が、意表を突かれすぎた快感になるのかな。「まさか！」って思った瞬間に笑ってしまう。「ばかばかしい」と「すごい」の区別がつかなくなる。その区別をつかなくさせるのって、驚くべき力業だね。

結婚も離婚も笑える

江國　ところで、「結婚」は映画のなかで、笑えるふうに描かれがちだと思わない？　マストロヤンニ扮する金持ち男が女にふりまわされる『あゝ結婚』[30]とか、マリリン・モンローやローレン・バコールが玉の輿をねらう『百万長者と結婚する方法』[31]みたいなコメディばかりじゃなく、『アメリカン・ビューティー』[32]とか『グリーン・カード』[33]とか、コメディじゃない映画で描かれる結婚も、どこか滑稽。結婚って、滑稽なのかな。

井上　時代性もあるんだろうけど、「結婚したい」っていう願望があまりにも強烈で揺るぎないと、笑えるのかもしれないね。いっそあっぱれ、という気持ちで。ジョージ・クルーニーが離婚専門弁護士役の話もあったね。有利に離婚をしようとする奥さんがキャサリン・ゼタ＝ジョーンズ。『ディボース・ショウ』[34]ね。

江國　たしかに。

井上　ミランダ・ジュライの『君とボクの虹色の世界』[35]っていうのが面白かったんだけど、観た？

江國　面白かった。私も好き。

井上　妻に男ができて別れることになって、二人で荷造りとかしてるんだけど、妻のほうはサバサバして着々とやっている。夫はぐずぐずしてて、ふと台所に行って、左手にバアって油をかけて自分で火をつけちゃう。で、次に登場する時はもう手に包帯を巻いてる。

江國　切実さが可笑しみをかもしだすのね。ミランダ・ジュライは小説でもそれがとても巧み。結婚にしても離婚にしても、切実じゃなければ可笑しくもなんともないものね。

井上　愛情の取り扱い方、ということなんだろうね。切実であればあるほど、第三者には滑稽に見えたりするんだね。

21『ザ・ロイヤル・テネンバウムズ』２００１年アメリカ。監督ウェス・アンダーソン、出演ジーン・ハックマン、アンジェリカ・ヒューストン他。

22『トラスト・ミー』１９９０年アメリカ／イギリス。監督ハル・ハートリー、出演エイドリアン・シェリー、マーティン・ドノヴァン他。

23『ミッション：インポッシブル』１９９６年アメリカ。監督ブライアン・デ・パルマ、出演トム・クルーズ、エマニュエル・ベアール他。

24『マグノリア』１９９９年アメリカ。監督ポール・トーマス・アンダーソン、出演トム・クルーズ、ジェイソン・ロバーズ、ジュリアン・ムーア他。

25『ロック・オブ・エイジズ』２０１２年アメリカ。監督アダム・シャンクマン、出演ジュリアン・ハフ、ディエゴ・ボネータ、トム・クルーズ他。

26『ドッグ・ショウ！』２０００年アメリカ。監督・出演クリストファー・ゲスト、出演ユージン・レヴィ他。

27『メタルヘッド』２０１０年アメリカ。監督スペンサー・サッサー、出演ジョセフ・ゴードン＝レヴィット、ナタリー・ポートマン他。

28『暗くなるまでこの恋を』１９６９年フランス。監督フランソワ・トリュフォー、出演ジャン＝ポール・ベルモンド、カトリーヌ・ドヌーヴ他。

29『パーフェクト ストーム』２０００年アメリカ。監督ウォルフガング・ペーターゼン、出演ジョージ・クルーニー、マーク・ウォールバーグ他。

30『あゝ結婚』１９６４年イタリア。監督ヴィットリオ・デ・シーカ、出演ソフィア・ローレン、マルチェロ・マストロヤンニ他。

31『百万長者と結婚する方法』１９５３年アメリカ。監督ジーン・ネグレスコ、出演マリリン・モンロー、ローレン・バコール他。

32『アメリカン・ビューティー』１９９９年アメリカ。監督サム・メンデス、出演ケヴィン・スペイシー、アネット・ベニング、ソーラ・バーチ他。

33『グリーン・カード』１９９０年アメリカ／フランス／オーストラリア。監督ピーター・ウィアー、出演ジェラール・ドパルデュー、アンディ・マクダウェル他。

34『ディボース・ショウ』２００３年アメリカ。監督ジョエル・コーエン。出演ジョージ・クルーニー、キャサリン・ゼタ＝ジョーンズ他。

35『君とボクの虹色の世界』２００５年アメリカ。監督・出演ミランダ・ジュライ、出演ジョン・ホークス他。

食べもの

カウボーイの食べるポークビーンズ

井上　映画の中の食べ物にまつわる最初の思い出は、西部劇に出てくるポークビーンズ。カウボーイが旅の途中で馬を下りて、野営して、たき火の上に缶をおいてグツグツ煮て食べるの。子供心に、あれがものすごくおいしそうだと思った。

江國　わかる！

井上　具体的にどの作品っていうのはないんだけど、西部劇を観るとよく出てくる。子供の頃はまだポークビーンズを食べたことがなかった。だから一体どういう味なんだろうって想像していたの。

江國　ポークビーンズは私も興味津々だった。あとはね、チリビーンズ。あれもどんな味か気になった。

井上　チリビーンズ！『刑事コロンボ』[36]でコロンボがよく食べているあれだね。

江國　そう。私、コロンボって大好き。この前、夫がコロンボのDVDBOX買ってくれたんだけど、それがなんと、五十巻くらいあるの。

井上　コロンボは楽しいよね。一時期、毎日一本ずつ観ていたことがあった。ほぼ全部観てるかもしれない。

江國　大人になってから観ると、子供の頃にはわからなかった有名な役者さんが出ているのを見つけられて、うれしい。テレビドラマの『奥さまは魔女』[37]のダーリンがでてたりね。コロンボにも食べ物の話、多いよね。

井上　ワインの温度管理のミスで犯人が追いつめられていく話もあったね。あとおいしそうと言えば、『初恋のきた道』[38]。小さな村に学校を作ることになって、村の女たちが建設現場で働く男たちに毎日お弁当を作るの。大きなテーブルの上にみんなのお弁当がずらっと並んで、男たちがそれぞれ好きなお弁当を取っていく。チャン・ツィイーが演じる少女はその中に好きな青年がいて、彼に自分の作ったお弁当を食べてもらいたいんだけど、なかなか手にとってもらえない。見ているこっちもやきもきしちゃう。その青年は、町から新しく来た若い先生で、ある日、少女の家にご飯を食べにやってくる。そこで彼女が一生懸命作るのが、キノコが入った水餃子。

江國　ほぉー、おいしそう。

井上　どんぶりにてんこ盛りになってて、その「めいっぱい盛りました感」もまたおいしそうなんだよね。

見えないほうがそそられる

江國　私の場合、スクリーンの中に見えないものが気になることが多いな。

井上　どういうこと？

江國　たとえば『ディナーラッシュ』[39]。あれは厨房の活気ある一夜を描いている作品だから、雰囲気はおいしそうなんだけど、料理自体は出てきてもあんまり印象に残らない。でも、レストランの経営者が、気にかけているシングルマザーと電話で話すシーンがあるの。「今から行くよ」と伝えると、彼女は「アーモンドチョコケーキをお願い」って言う。それを包ませて持っていく。そのケーキは結局見えないんだけど「ああ、この店のアーモンドチョコケーキ、どんな味なんだろう」ってすごく気になるの。あの映画で一番覚えているのは、そのアーモンドチョコケーキ。

井上　わかる。そういうのってあるね。

江國　そこは二代目がやっているこじゃれたレストランなんだけど、お父さんの代はイタリアのママの味、みたいな老舗だった。二代目は「もうミートボールは作ってない」って言うんだけど、そうすると「ここのミートボールは、おいしかったんだろうなあ」って。ないものねだりなんだけど、映像が出て来ないほうが気になる。

井上　見えないほうが印象に残るよね。映画より、小説のほうが覚えていることが多い。小説のほうが、読みながら想像するからかな。

江國　きっとそうだね。小津映画も食卓を囲むシーンがよく出てくるじゃない？　ごはんに焼き魚にみそ汁とか、質素なものが多いし、見てるだけではそれほどおいしそうじゃない。なんだけど、ある時「あら、豪華版じゃない？」っていうセリフがあって、それを聞いたら、うれしくなっちゃった。しばらく妹と食事のたびに「あら、豪華版じゃない？」って真似していたことがある。

井上　『パルプ・フィクション』[40]は？　ブルース・ウィリスのガールフレンドが、ベッドの中で朝食の話をするシーンがあったでしょう。「今日の朝ご飯は、パンケーキにブルーベリーいっぱいのせて食べるの」って。実際には出てこないんだけど、聞いてるだけでおいしそうなんだよね。またその女の子が、ブルース・ウィリスが大好きで大好きでしょうがないって感じで、その大好き感と山盛りのブルーベリーが重なるの。

江國　わかる。それ、朝ご飯っていうところもいいよね。朝ご飯ってどこか喚起力がある。『サイドウェイ』[41]でも、旅の始まりに男二人がダイナーで朝ご飯を食べるシーンがあったよね。外は晴れていて、パンと卵みたいなのがぐちゃぐちゃってのっているだけなんだけど、旅への期待と、朝と、お天気が合わさって、ものすごくうらやましくなっちゃった。『サイドウェイ』はもうひとつ見せ場があって。主人公が上等のワインを持っていて、それを旅先で出会った女の人に「特別な日に開けるんだ」って言うと「それを開ける日が特別なのよ」って言われる。色々あって帰ってきて、ダイナーみたいなところで、フライドポテトを頼んで、ひとりで開けて飲むの。

井上　それはいいシーンだね。サンドラ・オーにボコボコにされるシーンばっかり印象に残ってたけど。

江國　一緒に旅をした男友達は最後に結婚する。その結婚式に来ていた元妻は再婚していた。さびしくて、紙コップに上等なワインを入れて飲むの。

井上　映画に出てくるアメリカのダイナーって、なんかいいよね。あんまりおいしそうじゃないけど、食べてみたくなる。っていうか、あの場所にいたくなるっていうことなのかな。アメリカのダイナーでおいしくないものを食べながら座っている一時間、みたいなものを自分の人生にとり入れてみたいんだな。

まずそうだけど印象的

江國　印象的っていうのとおいしそうっていうのが違うっていうのはあるね。

井上　確かに、印象的だけどまずそうなものってある。『コックと泥棒、その妻と愛人』[42]って、大好きな映画。最後に妻が泥棒の夫に復讐するために、男のイチモツをフォークで突き刺して「食べなさい」って迫る、こわいシーンがあるでしょう。吉本ばななさんのお友達が「でもあれ、がんばれば食べられると思わなかった?」って言った、というのが、ばななさんのエッセイにあって。

江國　あはは。

井上　確かにあれは、こんがり焼けてて、ちょっとチャーシューみたいだった。食べられないけど印象的でおいしそう（笑）。

江國　まずそうと言えば、『アムス→シベリア』[43]って観た?

井上　どんなやつだっけ。

江國　あのね、アムステルダムが舞台で、男二人が観光客をナンパして一晩寝てお金とパスポートをとって逃げるっていう商売をしている。パスポートは記念なの。写真だけやぶいて、壁に貼っている。

井上　自分たちのトロフィーみたいな感じね。

江國　そう。でね、二人でちゃんとお金を貯めていたのに、ある日抜け目のない女の子に逆にお金を取られちゃって、取り返しにいくという話。その抜け目のない女の子が、シベリアから来た子で、二人の家に転がり込んじゃう。彼女はホットチョコレートの素みたいなものを、なぜか食パンにかけて、しょっちゅう食べてる。それがすごくまずそうなんだけど、印象的なの。そして彼女に似合うのよ。そして、ちょっとやってみたくなる。

井上　似合う、っていうところがうまいんだね。

江國　いかにもその子はそういうもの食べそうだな、と思わせる。

井上　あれ観た？　園子温監督の『冷たい熱帯魚』[44]。殺人鬼の話なんだけど、最初のシーンで、おっぱいの大きい肉感的な母親が、スーパーで買い物するの。カゴの中に、パック入りのごはんとか冷凍のからあげとか、ようするに出来合いのものをバンバン入れて行く。その後、それを電子レンジでチンして、どうでもいいお皿に盛って、親子三人で黙々と食べる。ものすごくまずそう。でもその映画全体の「いやーな感じ」を、そのシーンだけでうまく出している。

江國　上手だね、それは。物語において、まずそうなものはおいしそうなもの以上に大事な気がする。

あとはね、『恋人たちの予感』[14]。主人公の二人はしょっちゅうデートするからいろんなお店が出てくるんだけど、彼女はどこでもソースは料理の横に添えてほしいとオーダーする。アップルパイアラモードも「アイスクリームはアップルパイの上にのせないで横に添えて」って言う。それが彼女の性格をよく表しているの。その注文を必ずつけることに彼は最初ひるむけど、だんだん彼女のことを好きになっていく。最後は彼も「ソースは横に添えてくれ」って注文するようになる。それがすごく印象的だった。

井上　食べることって人物も、関係性もすごく正確にあらわすよね。「食べることに無関心」というのだってその人物のそれまでの人生の結果だもんね。

はじっこのシーンが面白い

江國　ほかに思い出したのは『さらば冬のかもめ』[45]。米軍の宿舎でつまんない盗みをした水兵がいて、除隊になるだけじゃなくて、憲兵隊に捕まって、八年の懲役になっちゃう。それを刑務所まで護送する任務をジャック・ニコルソン演じる海軍将校と同僚の二人が請け負う。最初はすぐに送り届けてあとは遊ぼうと思うんだけど、捕まった水兵はまだ少年で、そんなにワルじゃない。お酒も飲んだことない、女性と寝たこともない。じゃあ楽しませてやろうということになって、微妙に友情が生まれるか生まれないか、という話。後半、ものすごく寒そうな公園で、ソーセージを焼いて食べるシーンがあるの。公園に備え付けの汚いバーベキューグリルで焼く。真冬だから他に誰もいなくて、缶ビールも冷たそうで、パンがないのでソーセージだけ、その辺の枝に突き刺して、マスタードの瓶にそのままつけて食べるんだけど、それがね、なんだかおいしそうなのよ。

井上　それはおいしそう。私もその場で食べたい。寒そうっていうのと外でっていうのもよかったんだね。

江國　そういうのって、映画作る人のセンスが問われるよね。

井上　あんまりことさらにやられちゃうと、しらけちゃう。はじっこの、なんとなく出てくるけど、すごく考えられているシーンっていうのが面白いんだと思う。そうそう、それで思い出したんだけど、私の小説が原作の『愛してる、愛してない』[46]っていう韓国映画。すごくいい映画で、作品自体は好きなんだけど、ひとつだけ気になる部分があって。ヒロインがパスタをゆでるシーンがあるんだけど、パスタがゆであがってから「サラダも作りましょう」って、サラダも作り始めちゃうの。それじゃパスタがのびちゃうじゃない！　ヒロインは原作と違って、編集者で、パスタの本を作ったこともあるという設定なのに。もう気が気でなくなる。

江國　あはは。それはいかんんね。

36『刑事コロンボ』1968〜78年、1989〜2003年アメリカ（テレビドラマ）。監督リチャード・アーヴィング他、出演ピーター・フォーク他。

37『奥さまは魔女』一九六四～七二年アメリカ（テレビドラマ）。監督ウィリアム・アッシャー他、出演エリザベス・モンゴメリー、ディック・ヨーク、ディック・サージェント他。

38『初恋のきた道』二〇〇〇年アメリカ／中国。監督チャン・イーモウ、出演チャン・ツィイー他。

39『ディナーラッシュ』二〇〇一年アメリカ。監督ボブ・ジラルディ、出演ダニー・アイエロ、エドアルド・バレリーニ他。

40『パルプ・フィクション』一九九四年アメリカ。監督・出演クエンティン・タランティーノ、出演ブルース・ウィリス、ジョン・トラボルタ、サミュエル・L・ジャクソン他。

41『サイドウェイ』二〇〇四年アメリカ。監督アレクサンダー・ペイン、出演ポール・ジアマッティ、トーマス・ヘイデン・チャーチ他。

42『コックと泥棒、その妻と愛人』一九八九年イギリス／フランス。監督ピーター・グリーナウェイ、出演リシャール・ボーランジェ、マイケル・ガンボン、ヘレン・ミレン他。

43『アムス→シベリア』一九九八年オランダ。監督ロバート・ヤン・ウェストダイク、出演ヒューホ・メッツェルス、ルーラント・フェルンハウト他。

44『冷たい熱帯魚』二〇一〇年日本。監督園子温、出演吹越満、でんでん他。

45『さらば冬のかもめ』一九七三年アメリカ。監督ハル・アシュビー、出演ジャック・ニコルソン、ランディ・クエイド、オーティス・ヤング他。

46『愛してる、愛してない』２０１１年韓国。監督イ・ユンギ、出演ヒョンビン、イム・スジョン他。原作：井上荒野「帰れない猫」（『ナナイロノコイ』所収）。

ラブシーン

最初のキスと最後のキス

江國　今回、最初に思いついたのは『ラブ・アゲイン』[47]。原題は Crazy, Stupid, Love. というくらいで、さまざまな愛の形が描かれるんだけど、その中で特によかったのが、ライアン・ゴズリング演じるナンパ男。ナンパ男はいつものバーで、いつもの手口で女の子を口説くんだけど、まずその口説き方がね、とってもいいの！

井上　ほうほう。

江國　単に言葉なんだけど、その言葉だけでやられちゃうから、ぜひ観てほしい。でも、女の子は真面目だし恋人もいるから、彼の言葉に一切なびかないの。私だったら、絶対についていっちゃうっていう口説き方なんだけどなあ。

井上　ははは、そうなんだ。じゃあここで公開できないね。

江國　でね、ラブシーンとしていいなと思ったのは、この映画にでてくる二つのキス。紆余曲折をへて、真面目な女の子がそれまでの自分を捨てる。雨の中バーに入って、ナンパ男が他の女を口説いているところに割り込んで、自分からキスするの。とっても情熱的なキスシーン。やがてふたりは恋人同士になって、彼も変化して、彼女ひと筋になる。そして、彼女の両親に会いにいくときの手みやげを選んでいる酒屋でキスをする。もう以前のような激しいキスではないんだけど、その穏やかなキスがね、いろいろを語ってるでしょ。

井上　うんうん。愛を信頼しきっているキスだね。

江國　脚本がよくできているの。もうひとついいシーンがあって。妻から離婚を切り出されて家を出た夫が、夜中にこっそりもとの家に忍び込んで庭の手入れをしている。すると二階にいる妻から携帯に電話がかかってきちゃうの。あわてて出ると、「いま地下室で給湯器と格闘してるんだけど、種火の点け方がわからなくて」って。庭からは、妻が二階にいるのが見えるのに。でも彼はそのまま「グレーのパネルがあるのは見える?」「うん」「それを開けて、赤いボタンを押して右に回すんだ」。そしたら妻は「点いたわ。ありがとう」って、それだけで電話を切るの。いわゆるラブシーンじゃないけど、これも愛のシーンだと思う。

井上　いいねえ。でもそれ、ちょっと江國さんみたいだよね。

江國　いや、私は本当に点けられないから。でも本当にいい映画なのでおすすめ。ただ、最後がハートウォーミングなのが私としては残念なんだけどね。

井上　「最初のキス」と「最後のキス」っていえば、マイケル・ウィンターボトム監督の『CODE46』[48]って観た？　近未来もので、核戦争後なのかな。一応都市は残っていて、都市と辺境を行き来するのにパスポートみたいなカードがいるという設定。ティム・ロビンス演じる男は、そのカードが偽造されていないか調査する仕事をしている。女の子はカードを盗んで売っている。そういうふたりが出会う。最初に会った日にいい感じになっちゃって、女の子から積極的に誘って寝ちゃうの。男は調査する立場だし、妻子もいるし、ちょっと「やらないほうがいいよな」って思ってクールな態度なんだけど、女の子はかわいく迫ってくるの。

江國　いいね、「かわいく迫る」って。

井上　そう。かわいく迫られて、男は拒みながらも抱き寄せてキスしちゃう。その「困りながらだんだんやっちゃう」ってところがねえ、とってもいいんだよ！

江國　ははは。

井上　タイトルの「CODE46」ていうのはある法律で、彼らがセックスしたことが、その法律にひっかかってしまった。彼女は彼のことを記憶から消されてしまう。さらにヘンなウイルスも入れられて、彼を拒否する体にされてしまった。でも彼と再会すると、忘れているのに、やっぱり仲良くなっちゃう。寝ようとすると、気持ちとはうらはらに、体は彼を拒否してしまう。けれど、どうしてもあなたと寝たいからと、ベッドに縛ってもらう。彼はそこに挑みかかっていくんだけど。

江國　挑みかかる！　素晴らしい。びっくりして笑っちゃうかもしれないけど、すごく観たくなってきた。

井上　カメラはベッドシーン全体を俯瞰するのではなく、女の子の顔だけに寄って撮るの。体は拒否しているはずなのに、顔だけはうっとりしていて、一生懸命彼を受け入れようとしていて。それはすごくロマンチック。

江國　うまいね。

井上　切実感っていうのかな、「いまどうしてもセックスしたい」、この瞬間しかないのってぐっとくる。あとこの映画は移動するシーンが多くて、茫洋とした景色があって、道がまっすぐにあって、登場人物はほぼふたり。世界でふたりだけ、みたいな感じが強調されていて、それもよかった。

世界でたったふたりっきり

江國　世界でふたりだけといえば、『気狂いピエロ』[49]。昔、気に入ったセリフをメモしていたくらい好きな映画なの。

井上　これは、大昔に一度観たきりなんだよねえ。最後に出てくる「永遠だ」なんとかってやつ？

江國　それもいいけど、私がメモしたのは「夕方5時は恐ろしい」っていうのと、「ゲリラが115人死んだって、それだけじゃなんにもわからないわ。妻はいたのかどうか、子供はいたのかどうか。写真もそう」みたいなセリフ。好きだった。でもね、今回改めてDVDを観たら、翻訳家が替わっていて、字幕が変わっていたの！「夕方5時は恐ろしい」が「夕方5時、最悪だ」ってなってた。正しい訳だとは思うけど、「夕方5時は恐ろしい」のほうが、ふくらみがあると思わない？

井上　うん、ぜったいにそうだね。

江國　で、この映画もふたりっきり感の強い映画。逃避行するんだけど、逃げた先が南仏だから、景色がとてもきれい。白い砂浜から足が出ていて、それがふたりぶんあって。かわいくて、ロマンチックだった。あとよく覚えているのが、ひとりが赤い車、ひとりが青い車に乗っていて、すれ違いざまにキスするシーン。非常にばかばかしくて、あきれるばかりなんだけど、きれいだった。昔はただカッコいいだけだと思っていたけれど、今回改めて観たら、いろんな意味でクレイジーでキッチュな作品だった。途中で突然ミュージカルになったりするし。

井上　あれ？　そうだっけ。

江國　そう。アンナ・カリーナが「私の運命線は短い」って歌うの。手のひらを広げて

「見て、私の運命線、短いでしょ」って。すると、ジャン＝ポール・ベルモンドが「それは気にすることないよ。僕にとって大事なのは君のカラダの線♪」って歌う。ふたりで「運命線」「カラダの線」とかぶせていく。それがちょっとばかばかしくて、かわいいの。いい映画です。

小説ではなかなか書けないこと

井上　私が今回最初に思いついた映画は『ブエノスアイレス』[50]だった。冒頭から男同士がリアルに絡み合っている。そこに、カエターノ・ヴェローゾの歌声とイグアスの滝のシーンがつながって、とてもきれい。カエターノ・ヴェローゾのこの曲は、ペドロ・アルモドバルの『トーク・トゥ・ハー』[51]にも使われていた名曲。

江國　この作品は私も考えていた。いいよねえ。心臓に響く感じ。

井上　このふたりはすごく愛し合っているんだけど、反発し合ってもいる。やり直す為にアルゼンチンに行くけれど、一緒にいるとすぐにカーッとなってぶつかって、離れたり、やり直したり。そんな風にうまくいかないふたりが、物語の中盤でタンゴを踊る。最初は「やめろよ」って感じでだらっと踊ってるんだけど、だんだんくっついてきて、最後は相手のお尻に手が「ぐぐっ」っと入る。これがいいの！

江國　ははは。

井上　こんなに好きなのに、思いが強すぎて逆にだめになる。だめになるのがわかっているのに、戻らずにはいられない。こういうのは小説で書くのはなかなか難しい。

江國　わかる！　小説で書くのは可能ではあるけれど、理屈っぽくなっちゃうんだよね。

井上　表情ひとつ、空の色ひとつで説明できるというのは、映画のすばらしいところだよね。

江國　それで思い出したんだけど、『天国の口、終りの楽園。』[52]って観た？　あれも、なんでうまくいかないのかっていう、小説ではなかなか書けない部分が、映像で上手に描かれていたから、ぜひ観てみて。言葉の外側で衝撃を与えられるのって、悔しいけど快感。

井上　小説なら百ページ書かなくてはいけないことを、映画は一瞬で見せることもできるものね。

恋人でも夫婦でもない愛

井上　『バタフライ・キス』[53]は？　殺人鬼の女に恋をした女が、追いすがるように一緒に旅をしながら殺人の手伝いをしちゃう。気の触れた女を好きになってしまった、普通の、でもすごく孤独だった女の話。もう、出会ってしまったら最後、離れられなくなってしまった。ふたりが初めて寝るシーンも素敵だけど、なにより素晴らしいのが最後の海のシーン。

江國　憶えてる！　あの映画の中で、初めてふたりがはしゃぐシーンだよね。

井上　そうそう。殺人鬼の女は生きているのが辛いから「そんなに愛しているなら、私のことを殺してよ」って頼む。言われた方は彼女のことを愛しているから、その願いを聞き入れる。そしてふたりは海に行って、きゃあきゃあ遊ぶ。そうすると女が突然「今よ」って。言われた瞬間、もうひとりの女が、彼女の頭を海に沈める。涙を流しながら。とても美しいシーン。

江國　じゃあね、『わたしはロランス』[54]って観た？　すごくいいの。女の人には優しい恋人がいるんだけど、彼は実は女性になりたい。で、男として三十歳くらいまで生きてきたんだけど、やっぱり女として生きる決心をする。彼女はびっくりするけれど、理解して、それからは女同士としてつき合っていくの。とはいえ、気持ちは友達と恋人の半分半分。愛情って近くなるほど、家族みたいな、兄弟みたいな関係と区別しがたくなってしまうでしょう。多分そういう感じがあって。切ないんだけど、人間としての尊厳が感じられる映画。物語の後半、異様な色使いの中をふたりで歩いて行くんだけど、その場面が美しいの。ジェンダーとか、恋人とか、夫婦とか、友達とかいう言葉ではくくれない、あるがままのふたりを描いていた。これもいわゆるラブシーンではないけれど、すばらしい愛のシーンだと思った。

47『ラブ・アゲイン』2011年アメリカ。監督グレン・フィカーラ／ジョン・レクア、出演スティーヴ・カレル、ライアン・ゴズリング、ジュリアン・ムーア、エマ・ストーン他。

48『CODE46』2003年イギリス。監督マイケル・ウィンターボトム、出演ティム・ロビンス、サマンサ・モートン他。

49『気狂いピエロ』1965年フランス／イタリア。監督ジャン゠リュック・ゴダール、出演ジャン゠ポール・ベルモンド、アンナ・カリーナ他。

50『ブエノスアイレス』1997年香港。監督ウォン・カーウァイ、出演レスリー・チャン、トニー・レオン他。

51『トーク・トゥ・ハー』2002年スペイン。監督ペドロ・アルモドバル、出演ハビエル・カマラ、ダリオ・グランディネッティ、レオノール・ワトリング他。

52『天国の口、終りの楽園。』2001年メキシコ。監督アルフォンソ・キュアロン、出演ガエル・ガルシア・ベルナル、ディエゴ・ルナ他。

53『バタフライ・キス』1995年イギリス。監督マイケル・ウィンターボトム、出演アマンダ・プラマー、サスキア・リーヴス他。

54『わたしはロランス』2012年カナダ/フランス。監督グザヴィエ・ドラン、出演メルヴィル・プポー、スザンヌ・クレマン他。

いい男

男同士の熱い関係

井上　私は今回、自分の「いい男観」が改めてわかって、呆れたよ。

江國　そうなの？　どんなの？

井上　まずは『トップガン』[55]！　トム・クルーズとか、ヴァル・キルマーとか、男ばっかり出てくる。飛行機乗りの話で、空軍の訓練学校が舞台。でも私にとっては、飛行機に乗るシーンはどうでもよくて、訓練の合間にビーチバレーをする、その場面がすごく好きなの！　いつもは戦闘服なのに、その時はランニングとかショートパンツで、映像もちょょっとスローモーションで。

江國　とってもよくわかる。ねえそのシーンって、その場に女がいないっていうのも関係ある？

井上　あるある。

江國　やっぱり。
井上　男の世界っていうのかな。男しかいないコミュニティで、まったく自分たちの楽しみのためだけにスポーツをしているというところがいいんだな。
江國　なるほど。私も、女不在の場所や組織の、男同士の熱い関係を見ると、みんなカッコよく見えてくる。
井上　ね、そうだよね。
江國　で、映画だから、そういう男たちの恋愛も一応出てくる。相手の女はだいたいかわいそうな役なのよね。
井上　男の大義のために捨てられたり。
江國　そう。捨てられなくても、最後に男が死んじゃったりね。それでもいいんだな、と思えてしまう。
井上　自分が同じことをやられたら、いやなんだけどね。
江國　そうなのよ。『あるいは裏切りという名の犬』[56]なんかもそう。警察内の二つのチームの対立を描いているんだけど、一つのチームは出世のために汚いことも平気でやるの。もう一つのチームは、見た目はヤクザまがいなんだけど、出世ではなく、悪をくじくためにがんばっている。その、ヤクザっぽいチームの男たちはみんなカッコよく見える。特に下っ端のスキンヘッドの男は、詩を読むようなナイーブさもあって、でも嫌いな上司が自分を踏みつけにして出世した時は「おめでとうございます」って言いながらおしっこかけるようなこともしたり。下っ端だけど、いい男なのよ。

井上　男の美学的な映画だったよね。女、出てこなかったたっけ。

江國　少し出てくるけれど、映画の中で描かれている部分は、女はかわいそうなところばかり。私だったらいやだなって思うんだけど。

井上　男がいかんともしがたく、女より大事なものを持っているという感じがいいのかなあ。

江國　そうかも。そしてさらに、そこに食い込んで行く女っているでしょう。男は「女なんか興味ないのに」とか「遊びなのに」と思っているところに食い込んで、「この女は特別だ」って思わせる女。あれがいいよね。

井上　いい。自分もその「特別な女」になってみたいよね。

江國　だね。でも、そうなった後が大変だろうけどね。今回選んだ中にはそういう作品がいっぱいあった。『マイキー&ニッキー』[57]って、ピーター・フォークと、ジョン・カサヴェテスが親友同士を演じている映画。カサヴェテスは組織に追われていて、組織に殺されるって怯えている。その親友に、ピーター・フォークは「俺がなんとかしてやる」って言うんだけど、実は組織には「あいつを始末しろ」って言われていて。その組織と友情の間で揺れるピーター・フォークがいい男なの。これもまた、ちらっと女が出てくるけれど、あまり大事にされていない。でもこういう困った人たちは、女を大事にはしていないけれど、すごく女を必要としているんだよね。

井上　そうそう。だから、ちらっと出てくるキスシーンとかがいいんだよね。

江國　刹那的だからいいのかな。時々しか会えないとか、最後には死んじゃうとか。

戦う男、心得ている男

井上　またベタな一作なんだけど『レスラー』[58]のミッキー・ロークはいいよね。前々から、絶対にこのテーマで取り上げたいと思ってたの。ミッキー・ローク演じるレスラーは、マリサ・トメイが演じるストリッパーとちょっと恋仲になるんだけど、女と幸せになる道を選ばず、自分を貫くために、無理を押して試合に挑むの。そして、医者にも止められている、もしかしたら死んでしまうかもしれない大技をやろうとした時、女は見ていられなくなってその場を去る。リングの上から彼女が去るのを見た男は、そこで「ふっ」と笑うの。それがいい。

江國　わかる。でもその女になるのは大変すぎるね。

井上　帰っちゃったのを知って寂しそうな顔をされるのもイヤなの。思い詰めた顔もしてほしくない。だからあの「ふっ」っていうのがいいの。「ああ、やっぱり帰ったか」

みたいな。

江國　距離感の問題なのかな。お互いに理解してしまっているが故の距離感？　私は『ハートに火をつけて』[59]のデニス・ホッパーが理想の男だとずっと思っていたんだけど、今回観返したら、ちょっと「裏プリティ・ウーマン」的だね。

井上　デニス・ホッパーが殺し屋のやつね。ジョディ・フォスターを殺す為に雇われているんだよね？　なんで殺さなくちゃいけないんだっけ？

江國　殺人を目撃してしまったから。で、殺し屋に追われて、警察にも追われてしまう。でも彼は彼女を追っているうちに恋に落ちてしまい、「組織を出るから一緒に逃げよう」って言う。彼女は最初怒ってるんだけど、これを着ろってドレス贈られたり、ピンクのパンケーキが食べたくてたまらなくなったって言ったら、朝ベッドの上にピンクのパンケーキが置いてあったりとかするうちに心を開いて。デニス・ホッパーがね、とにかく強いの、絶対に守ってくれるの。女に不器用という感じもいいし、ふたりっきりで逃避行も辞さない身軽さもいいのよね。

井上　冷徹な殺し屋なのに、女に向かってこれもやっぱりいかんともしがたく心が傾いていくわけね。いかんともしがたく、っていうのは私にとってのツボかもしれないなあ。

江國　それから、私が今回のテーマでぜひ入れたかったのは、『シーズ・ソー・ラヴリー』[60]のジョン・トラボルタ。もともとトラボルタが大好きなんだけど、この作品の彼は特にいい。普通っぽい役のときの方が光る役者さんだよね。ショーン・ペン演じるアル中のろくでなしがいて、恋人との間に子供が産まれるという時に、めちゃくちゃやって収容所に入れられてしまう。で、十年後に出て来た時は、恋人は結婚していて、三人の子供もいた。その彼女の夫というのが、トラボルタなの。この話がいいのは、女があまり逡巡しないところ。ショーン・ペンが現れた時も、夫に「あなたのことは好きだけど、彼は私の命なの」って言う。

井上　そういう彼女のことも、トラボルタは淡々と受け止めるんだよね。

江國　そうなの。一番上の子供は自分の本当の子供じゃなくて、ショーン・ペンの子供なんだけど、三人の子供を分け隔てなく愛しているし、ショーン・ペンが現れると、「本当のお父さんに会いたいかい?」って連れて行ったりする。一見穏やかな男なんだけど、「これは俺の妻だ。だから関わるな」って、ちゃんとショーン・ペンに言ってくれるのよ。言ってくれるの、って、別に私の夫ってわけじゃないんだけど。

井上　あはは。受け入れるけど放り出しはしないってことね。それはいい男だね。

江國　うん、度量はほんとうに大事。いい男とかいい女とか思わせるのは、結局のところ度量の問題なのかもしれない。同性が惚れるような人に、たぶん度量は不可欠なんじゃないかな。中身が耕されてるってことだから。

井上　それで思い出したけど、「心得ている男」というのも好きなの。

江國　ほう。

井上　『パルプ・フィクション』[40]に出てくるハーヴェイ・カイテルがまさにそれ。殺しの後始末をする役。

江國　あれもトラボルタが出ているよね。

井上　そう。トラボルタとサミュエル・L・ジャクソンが、車の中でうっかり銃を暴発させて、一緒に乗っていた黒人の青年を殺してしまう。車の中は血まみれになっちゃって、とりあえず近所の友達の家に避難する。その家に住む友人は監督のタランティーノ本人が演じていて、三人でさあどうするって大騒ぎになる。そこにハーヴェイ・カイテルがタキシードを着て現れて、三人にテキパキと指示を出して、あっという間に片付けてしまうの。いきなり命令されてトラボルタはむっとするんだけど、そんな時も冷静にたしなめる。いかにも心得ている男という感じ。まあ「頼りがいのある男」とも言えるんだけど、それより「心得ている男」と言いたいんだな。

江國　うんうん、いいね。

井上　あとは、『ライク・サムワン・イン・ラブ』[61]に出てくる加瀬亮。これはアッバス・キアロスタミ監督の作品なんだけど、舞台が日本なんだよね。

江國　そうなんだ。

井上　言葉も日本語なの。その脚本がすごくいい。年老いた元大学教授の男と、彼が呼んだデートクラブの女とその彼。女は大学生でもあり、彼氏は彼女がデート嬢だということを知らないのね。女の子が老教授の家に泊まって、朝、車で大学まで送ってもらっていると、彼は校門で待ち伏せしていて問いつめたりする。うるさいのよ。ものすごく独善的で彼女を束縛しているいやな男。その時、老人の車がどこか壊れちゃう。すると、彼は修理工場のオーナーで、近くに工場があるからそこに行けばいいと言い出す。車が工場につくと、そこからは別人のよう。部下を仕切って、テキパキ指示して。つまり修理工場のオーナーとしてまったく適正な行動をとるんだけど、そのギャップがいいんだな。女とは無関係に機能してる部分が彼にはある、というところが。

江國　うう、わかる、わかるよ。そして私たち、それじゃダメかもよ。

井上　ダメだよね。そこでぐっときてはいけない。でも彼女が彼にひかれた理由が、それでわかっちゃうんだな。

獣か子犬

井上　あと『君と歩く世界』[62]もはずせない。「この男が好きな自分、どうなの？」って思うけど。これは、シャチの調教師で、ショーの最中に事故にあって両脚を切断した女と、シングルファーザーの男の物語。彼はストリートファイトでお金を稼いでいる、ワイルドな男。この男の造形がね、獣みたいなの！

江國　「造形が獣」って。

井上　女が両脚をなくしたあと、面倒をみるんだけど、全然情緒的なところがない。なにしろ力持ちだから、女を背負って海に行って、一緒に泳いだり。最初は友達なの。それが、ある時セックスの話になって、女が「もうこんな風になったらムリよね」みたいなことを言う。そしたら「ムリかどうかやってみればいいじゃん、俺が相手になるよ」ってセックスするようになる。すると女には特別な感情が生まれるんだけど、男は相変わらず獣で、あるパーティで、別の女を見つけて当然のように出て行ってしまう。女はそのことですごく傷ついて「人としてどうなの、私たち寝ているんだし」「人とかかわるっていうことはそういうことなの？」みたいに詰め寄るの。こんな獣みたいな男にそんなこと言ってもだめだよーって思うんだけど。男はどう答えるんだろうって思っていると、「じゃあこれからセックスしよう」って！

江國　あはは。それは、ずるいね。
井上　見事なまでの単純さ。そこにぐっときちゃうのよ。
江國　わかる！　今ので納得した。なんで私たちってこうなのかってことを。
井上　彼にはずっと獣のままでいてほしかったんだけど、物語の途中で改心するのよねえ。
江國　それは残念だね。
井上　獣じゃなくなっちゃうのが寂しい。
江國　今日挙げた男はみんな、ヤクザものばっかりね。私たちは、男には獣でいてほしいのかな。いくつか当てはまらない作品は、子犬系ってこと？
井上　まだ獣になってないの。
江國　獣か子犬、どっちかにしてくれってことだね。

55『トップガン』1986年アメリカ。監督トニー・スコット、出演トム・クルーズ、ケリー・マクギリス、アンソニー・エドワーズ、ヴァル・キルマー他。

56『あるいは裏切りという名の犬』2004年フランス。監督オリヴィエ・マルシャル、出演ダニエル・オートゥイユ、ジェラール・ドパルデュー他。

57『マイキー&ニッキー』1976年アメリカ。監督エレイン・メイ、出演ピーター・フォーク、ジョン・カサヴェテス他。

58『レスラー』2008年アメリカ。監督ダーレン・アロノフスキー、出演ミッキー・ローク、マリサ・トメイ他。

59『ハートに火をつけて』1989年アメリカ。監督アラン・スミシー(デニス・ホッパー)、出演デニス・ホッパー、ジョディ・フォスター他。

60『シーズ・ソー・ラヴリー』1997年アメリカ/フランス。監督ニック・カサヴェテス、出演ショーン・ペン、ロビン・ライト・ペン、ジョン・トラボルタ他。

61『ライク・サムワン・イン・ラブ』2012年日本/フランス。監督アッバス・キアロスタミ、出演奥野匡、高梨臨、加瀬亮他。

62『君と歩く世界』2012年フランス/ベルギー。監督ジャック・オーディアール、出演マリオン・コティヤール、マティアス・スーナールツ他。

ロードムービー

ハッピーエンドか死か

江國　ロードムービーの代表といえば『イージー・ライダー』[63]だよね。久しぶりに観返したんだけど、面白かった。

井上　私も同じ路線のをいくつか観たよ。アメリカン・ニューシネマの、悲惨な作品。『真夜中のカーボーイ』[64]とか、『バニシング・ポイント』[65]とか。

江國　どれも懐かしいね。いかにもなロードムービーって、人が死ぬよね。

井上　うんうん、わかる。旅先で何かを見つけてハッピーになるというのと、行った先で、ぶつかったりして、とにかく死ぬという、二パターンがある。

江國　そして、後者のほうが、不可解な分、後々まで残る。

井上　そうなの。前者については、「何か見つけるんだろうな」と思って観ているから、予想通りになると面白くない。死ぬと「うわ、死んだよ」ってびっくりする。

江國　『イージー・ライダー』なんて、単にお祭りを見に行くだけなのに、すごく派手に死ぬでしょ。

井上　ヒッピーを嫌う人から殺されちゃうんだっけ？

江國　そうなの。それもギャングとかじゃなくて、ただの田舎のおじさんに撃ち殺されちゃう。「え、こんな終わり方だったっけ？」ってびっくりした。今も昔も、アメリカの一部は過激に保守的だから、あり得ることではあるんだけど。

井上　『バニシング・ポイント』の主人公も、車を時間内に遠くまで届けるというつまらない賭けをして、そのためだけに暴走して、警察に追われる。最後に警察がバリケードを作って暴走を止めようとする。どうするのかなって思っていると、バリケードにぶつかってあっけなく死んでしまうのよね。あの頃のアメリカ映画は、自由にやろうとする人はぶつかって死ぬというのが定番？

江國　ぶつかって死ぬか、落っこちて死ぬか。

井上　ラジオではＤＪが生放送でしゃべっているんだけど、主人公の味方をして、抜け道を教えるの。そこでかかる音楽もいいんだな。

江國　そう。ロードムービーは音楽が印象に残るよね。『プリシラ』[66]もそうだった。

井上　ドラァグクイーンの三人組が、砂漠にあるホテルでショーをやるために車で移動する話。旅の途中でアボリジニの人たちと仲良くなって、みんなで派手な衣装を着て踊るシーンがあって、そこがすごく好きだった！

江國　その中の一人は、昔、結婚していたんだよね。

井上　そう、ゲイだけど、昔の奥さんとの間に子供もいて、それを仲間には隠していた。目的地のホテルに奥さんと子供がいるんだけど、その奥さんが、ドサッとした感じでいいのよ。

江國　まさにドサッとした感じ。強くて明るい奥さん。ドサッとしてないと、ああいう話にならない。

井上　昔の夫がゲイで、でも自分がマネージャーをしているホテルに彼を呼ぶ。ドサッとしてないと、呼ばないよね。音楽もよかった。映像の疾走感とよく合っていた。

江國　ロードムービーって、景色がたくさん映るから、音楽と相性がいいんだろうね。不思議だけど、風景に合わせて音楽がないと、旅している臨場感が生まれないかも。

同じように車で移動して風景が動いても、無音だったら、観ている人はそこに行ったような気持ちになれない気がする。それで思い出したけど『モーヴァン』[67]って見た？

井上　どんな話？

江國　モーヴァンというのは、女の子の名前なの。その子の恋人が、自殺してしまう。恋人は作家志望で、素晴らしい小説を書き上げた。でもこの作品が本になる頃には、若くして自殺していたほうがおしゃれだと思って、自殺してしまう。彼はモーヴァンに「この作品を出版社に送ってくれ」って遺書を残す。するとモーヴァンは、それを自分が書いたことにして出版社に送っちゃう。さらに、恋人は彼女のためにミックステープも遺していて、彼女はその音楽をヘッドフォンでシャカシャカ聴きながら、バスタブで恋人の死体を解体して処分するの。

井上　えー！

江國　死体を処分した後、女友達を誘って旅に出るんだけど、その間もずっとそのテープを聴いている。その音楽がとても印象的。大音量でかかるわけではない、彼女がへッドフォンでひっそりと聴いてる音楽。彼が彼女のために作った音楽だから、それが旅のBGMになると、観ているこちらもその旅に巻き込まれているような気分になるの。

井上　ああ、巻き込まれる、っていうのはわかるなあ。ロードムービーの醍醐味だね。

日常生活より刹那的

井上　ロードムービーは悲しい話のほうが面白いのが多いと思う。イタリアのモノクロ映画の『さすらい』[68]も悲しいロードムービー。北イタリアの寒村で、夫が長い間地方にでかけている女と恋仲になっている男がいるの。ふたりは同棲していて、娘もいる。ある日、夫が旅先で死んだという知らせがくる。当然男は「これで彼女と一緒になれる」と思うんだけど、女は急に冷たくなる。実は女にはもうひとり恋人がいて。

江國　えぇー！

井上　で、彼はがんばって引き止めようとするんだけど、彼女は絶対に受け入れない。男は失意のあまり、娘をつれてさすらいの旅に出る。川沿いを、女から女へ変遷する。最初はかつて捨てた婚約者、次はガソリンスタンドの女、みたいに渡り歩く。

江國　そこにいつくということにはならないの？

井上　男はそこに落ち着こうかと一度は思うんだけれど、いつも最後は別れた女のことを思い出しちゃう。放浪の果てに戻ると、そこで自分を捨てた女と次の男との間に子供ができていることを知ってしまう。そして高い所から飛び降りて死んでしまう。

江國　それは……すっごく面白そう！

井上　その女を忘れようとすればするほど忘れられなくて。元恋人にとっては女冥利に尽きるんだろうけど。ロードムービーは最後に死ぬほうが、なんとなく納得できるんだよ。旅に出て何かが見つかるとしても、それが必ずしも良きものとはかぎらない、と思っているせいだと思う。

江國　ハートウォーミング嫌いの私たちとしては、だね。ロードムービーの良さって、日常生活以上に刹那的ってところじゃない？　物事の一回性がハッキリするというか。誰かと出会っても、もう二度と会わないという感じ。逃避行なら、もう元の場所には戻れないという気持ち。だから死んだほうが、一回性がより際立つってことなのかな。

井上　旅に出なくても、世界というのは二度と再現できない一瞬でできあがっている。それが実感できるんだね。『真夜中のカーボーイ』はアメリカン・ニューシネマのひとつで、自由に生きようとすると死んでしまう、というパターンね。二人の男がニューヨークの底辺でがんばるけれど、うまくいかない。フロリダに行きさえすればと思うけれど、結局フロリダ行きのバスの中でダスティン・ホフマン演じるラッツォが死んでしまう。

江國　フロリダには行けないんだっけ？

井上　バスの窓から見るとだんだん外は明るくなって、フロリダっぽくなってるんだけど。

江國　フロリダっぽく。

井上　そう。二人ともアロハっぽいシャツに着替えて、もうフロリダだって話すんだけど、その時ラッツォは病気が悪化して虫の息なんだよね。着いたんだけど、降りられない。

江國　美しいね。

いま思いだしたけど、そういえば『プリシラ』で、テレンス・スタンプが旅先で男と出会って、もう帰らないって言うんだよね。あれは恋人ができたんだからハッピーエンドのはずなのに、すごく寂しい。あの寂しさってなんだろうって思う。

井上　行きは三人だったのに帰りは二人なのよね。出発の間際に言うんだよね。怖い顔して「私は行かないわ」って。

江國　あの人たちはみんな怖い顔をしてるけどね。もとに戻れないっていう感じがいいんだよね。

旅先だから起こりうること

井上　『きっと ここが帰る場所』[69]って観た？

江國　あ！　観た観た。

井上　あれはいい映画だった。ショーン・ペンが往年のロッカーの役で。

江國　ショーン・ペンって変な役がうまいよね。

井上　奥さん役がフランシス・マクドーマンド。彼女が演じるのがまたドサッとした女で。ショーン・ペンは父が死んだという報せを受けて、そこから、父の代わりにナチの残党を探す旅に出る。その時のフランシス・マクドーマンドの「いってらっしゃい」と送り出す、ドサッとした感じがいい。ナチの残党を探す途中で、その娘や孫に会う。何をするんだろうと思うと、何も言わずに一緒にプール入ったり、歌ったり。変にずれた感じ。なのに、説得力がある。

江國　旅の途中で会う人って大事だよね。

井上　誰に会わせるべきかは、脚本の考えどころだと思うけど、作為を感じさせないのがよかった。旅には何だって起こる、という感じ。ほかには『オー・ブラザー!』[70]も、刑務所から脱走した三人組が出会う人たちが面白い。湖で女たちが髪を洗っていたり、すごく太ったセールスマンが銃を撃ちまくったり。「オデュッセイア」の翻案だから作為のかたまりみたいなものだけど、翻案っぷりがぶっとんでて。

江國　物語の強みだね。さっき話した『モーヴァン』も、ホテルの鍵を忘れてドアが開かなくて、よその部屋に助けを求めると、その部屋の男の子が泣いている。どうしたのって聞くと母が死んだと言う。そこからなんとなくそういう雰囲気になって、二人は寝ちゃうの。観る側は、そういうこともあるかも、と思える。旅の最中にある人はどこにも属していないからこそ、その時いる場所で、0から100まで発生しうるんだよね。一夜のうちに。

井上　旅に出たくなる意見だねえ。

江國　しかも観ている人には、彼らのそれまでの人生は見えないわけじゃない?　回想すらないから。そういう出会いのありかたは、醍醐味のひとつだよね。

井上　たとえ一時間しか一緒にいなくても、すごく濃密だったり。ああ、やっぱり旅に出たくなる。

63『イージー・ライダー』1969年アメリカ。監督・出演デニス・ホッパー、出演ピーター・フォンダ、ジャック・ニコルソン他。

64『真夜中のカーボーイ』1969年アメリカ。監督ジョン・シュレシンジャー、出演ジョン・ヴォイト、ダスティン・ホフマン他。

65『バニシング・ポイント』1971年アメリカ。監督リチャード・C・サラフィアン、出演バリー・ニューマン、クリーヴォン・リトル他。

66『プリシラ』1994年オーストラリア。監督ステファン・エリオット、出演テレンス・スタンプ、ヒューゴ・ウィーヴィング、ガイ・ピアース他。

67『モーヴァン』2002年イギリス。監督リン・ラムジー、出演サマンサ・モートン、キャスリーン・マクダーモット他

68『さすらい』1957年イタリア。監督ミケランジェロ・アントニオーニ、出演スティー

ヴ・コクラン、アリダ・ヴァリ他。

69『きっと ここが帰る場所』２０１１年イタリア／フランス／アイルランド。監督パオロ・ソレンティーノ、出演ショーン・ペン、フランシス・マクドーマンド他。

70『オー・ブラザー！』２０００年アメリカ。監督ジョエル・コーエン、出演ジョージ・クルーニー、ジョン・タートゥーロ、ティム・ブレイク・ネルソン他。

II

いやな女

「いやな女」はお母さん？

井上　ここからは、私たちが一本ずつと、それに編集部からも一本、毎回テーマに沿って三本の映画を選んで特に詳しく話をしていく形です。今回のテーマは「いやな女」の映画。私が選んだのは『ピアノ・レッスン』[71]。

江國　私は『卒業』[72]、編集部が『インテリア』[73]。いやな女の映画を探すのは難しかったね。いやな女って映画では魅力的な女になってしまうんだよね。

井上　そうそうそう。

江國　もちろん、その映画がよくできていればなんだけど。

井上　今回選んだ三本は、全部いやな女がお母さんだね。他に思いついたのもお母さんが多かった。

江國　気づかなかった！　それってどういうことだ?!　『卒業』のミセス・ロビンソンは

ダブルスタンダードなところがいやだったの。自分は奔放に若いベンジャミンを誘惑するのに、娘にはスノッブな保守的さを発揮して、親の選んだ人と結婚させようとする。

井上　ちょっと可哀相でもあったな。彼女は意に沿わぬ結婚をして、今が幸せじゃないから、娘をあまり幸せにはしたくないんだと思う。

江國　そうなのかな？

井上　私はそう観ちゃった。だから、ベンじゃない方の娘の結婚相手は、無難だけどつまんなそうな男でしょ。

江國　確かに。私はそこまで考えなかった。今の結婚が満ち足りていないからこそ、娘には安全な結婚をさせたいのかと思った。ミセス・ロビンソンはできちゃった結婚でもあるから、娘にはおなじ轍を踏ませまいとしたんだろうって。

井上　私は、ミセス・ロビンソンがものすごくエゴイストに思えた。ベンジャミンとの関係も勝手に娘にばらそうとするし。

江國　直接ばらしたのはベンだけど、たしかにそう仕向けたね。

井上　でも、娘の部屋に入ってくる時の切羽詰まった感じは好きだったな。

江國　若い人にちょっかい出すのはいいけど、その相手がいやがってるのに、無理矢理誘い込んだりするのはどうかと思うなあ。まあ、実力は認めざるを得ないけど。

井上　ベンジャミンを誘うとき、獲物を見つけた動物みたいだったよね。絶対こいつは自分のモノになるって思ってる。あの万能感はいやな女度満点だった。

江國　目上の女性に誘われたら、あまり恥をかかせるわけにはいかない時代だったんだろうね。

井上　ベンジャミンは優等生だからね。一番自分の言いなりになりやすい子を察知して。

江國　うん。こわくて哀しいね。そして、そこにはきっと若さへの嫉妬もあるね。

井上　若さへの嫉妬と娘への嫉妬。彼らには自分にはない可能性がいっぱいあるから、それもつぶそうとした。そして、ベンは共同経営者の息子だから、現実をめちゃくちゃにしたい欲求もあったと思う。

江國　そうまで考えていたらすごい。応援したくなってしまう。でも、ミセス・ロビンソンって、ベンと寝たことがバレた時に、強姦されたみたいにいうでしょ。夫婦生活を保つためには仕方ないと思うけど、あの嘘はいやだった。許せる嘘と許せない嘘があるでしょ、他人事だとしても。

井上　私たちとしては、ベンとの関係が明るみに出たとき、「出て行きます」と彼女が言えば、溜飲が下がるんだけど。

江國　良くも悪くも、大人なんだね、彼女は。二人の間にある種の愛があるというふうにはしないところが、映画としても大人っぽい。娘は初めて観たときより可愛く見えたな。

井上　デートでぽろっと涙をこぼすところとか良かったね。

江國　素直にごめんっていうベンジャミンはすごく素敵だった。あの二人の行く末は心配だけど。

井上　昔から好きだったとは言ってもねえ。

江國　あの二人はちょっとこの先難しいだろうね。

井上　ミセス・ロビンソンがいなければ、かえってうまくいかなかったかもしれないし。

江國　ミセス・ロビンソンたちは離婚するし、ベンの両親と共同経営者だから、親同士の関係も駄目じゃない？　すごい迷惑！　きっと二人は後悔するね。そういえば、結婚式に突然現れたベンジャミンを、お父さんが取り押さえようとすると、ミセス・ロビンソンが「もう遅いわ」って言うじゃない？　はじめ、娘をベンジャミンと行かせるつもりで夫に言ったのかと思ったの。

井上　ベンに言ったんだよね。

江國　そうみたい。

井上　きっと、自分の人生も手遅れで、今の人生になっちゃったってことも言ったんだと思う。やっぱり娘にも自分と同じような人生を送らせようとしてるのかもね。

江國　私、今回選ぶために、改めて見直して、映画自体の評価が上がったの。昔はもっとベタな映画だと思ってて、こんなに洒脱な映画だって気がつかなかった。

井上　ラストでミセス・ロビンソンが、逃げた二人をあたたかく見つめるみたいなシーンがないのが、映画としては良かった。

江國　そう。そうなっちゃうと、興ざめ。人としては、せめてそうしてくれっていう気もするけど。

井上　あはは。人としてはね。

江國　やっぱりいやな女は、魅力的な女になっちゃうんだよ。

可哀相な女たち

井上　『美しすぎる母』[74]って観た？　ジュリアン・ムーアが出てくるやつ。

江國　観てない。タイトルとジュリアン・ムーアってだけでちょっと、胸焼けしそう。

井上　ジュリアン・ムーアは上流階級の男と結婚して、二十歳くらいの息子がいるんだけど、夫が若い女と逃げて、精神のバランスを崩してしまう。残された息子と二人、ヨーロッパを旅して、だんだん近親相姦的になってきて、挙句に息子から殺されてしまう話。その彼女には理想の生き方があって、その理想から外れていったときに、エゴイスティックにまわりを巻き込んでいく感じがいやだった。

江國　こわそうな映画だね。『おとなのけんか』[17]の両方のお母さん、特にジョディ・フォスターも、自分の理想があって、一生懸命なんだけど、それによってまわりが振り回されてしまう。あれも可笑しいと同時に怖い映画だった。あの女たちもちょっといやな女だと思う。

井上　いやな女って、頑なところがあるかもね。他人から見れば絶対におかしいのに、自分は正しいと信じて譲らない。譲らないことでおかしくなっていく。

江國　映画から離れると、自分の価値観や考え方で譲れないことがあるのは大事なことだから、難しいね。

井上　いやな女は妥協がものすごく悪だと思っている。

江國　それは言える。だけど妥協しない女をいやな女だとすると、妥協する女がいいみたいじゃない？

井上　うーんそうだなあ。自由さが関係あるのかな。いやな女は不自由なんじゃない？

江國　痛々しいんだね、一生懸命すぎて。一生懸命といえば、『キューティ・ブロンド』[75]も、いやな女に入れようと思って観直したら、あまりにもいい子で、嫌いになれなかった。いやな女と嫌いな女は違うけど、ぎりぎりのところでいやな女にも入れられなかった。

井上　そのぎりぎりはどこだろう？

江國　主人公は一見馬鹿っぽいんだけど、むしろ賢くて、ちゃんと誇りは持ってる。

井上　誇りかあ。

江國　うん。誇りを持っている女を、私は絶対に嫌いになれない。でも、彼女は正義感と善意と熱意の固まりで、そういう自分を疑わないの。だから、そこはちょっといや。

井上　私も正義感はいや。疑わないっていうのは不自由ってことでもあるね。

江國　そうなの。彼女はまわりを困らせてでも、誰かを助けようとする。けっこう迷惑なの。極端にマイペースだし。でも、映画がしっかりできていて、結局のところ私は彼女を好きになっちゃった。

井上　『秘密と嘘』[76]って、観た？

江國　どんなのだっけ？

井上　検眼士をしている黒人の女性が主人公で、彼女は小さい頃、お母さんから自分は養女だって知らされていたの。それで、育ての親が死んだことをきっかけに、実の親を探す話。その産みのお母さんが、全然一人でいられなくて、不安定で。弟にずっと依存してきて、そういう自分にまったく無反省なところがいやーな感じなの。そして可哀相なの。

江國　可哀相はポイントだね。可哀相とか気の毒な人をいやな女って思ってしまう心理は、自分でもなんだか怖い。でもやっぱり、ここでもいやな女はお母さんなんだね。

井上　子供に対する態度というのは、いやさが増幅されるのかもしれない。『誰も知らない』[77]って映画があるでしょ。父親の違う幼い兄妹たちがお母さんにアパートに置きざりにされて、子供たちだけで暮らしていく話。YOUが演じるお母さんの造形がすごいんだよね。ときどき帰ってきて「ごめんね、待っててくれていい子だね」ってすごく優しくするんだけど、またすぐ出ていく。たまに現金書留で生活費だけ送ってきたりする。子供たちはお金がないから、コンビニの賞味期限切れのお弁当を拾ってきて食べたり、電気とか水道が止められたりしてるのに。ものすごく無責任なのに、優しくもあるところがいやすぎるの。でもすごくリアルで、実際にそういうお母さんはいるだろうし、同じ状況だったら自分も彼女みたいになるかもしれない、とすら思わせるんだよね。

江國　それはきっと、自分もそうなるかもしれないと思うが故の嫌悪感だね。自分とかけ離れている人を、悪いやつだと思うことはあっても、いやだとは思わないもの。その映画、私は観ていないけれど、たぶんYOUがいいんだろうな。

井上　自分の中のつつかれたくない部分をつついてくると、うわっヤダって思うのかも。

美しすぎるカンピオン映画

井上　『ピアノ・レッスン』の主人公の女は、いやな女だと思った？

江國　いやな女だとは思った。けど、やっぱり映画の登場人物として魅力的だった。私、この映画好きなんだよね。

井上　私ね、この女がいやというより、映画のつくりに「いやな女感」があるの。主人公が、ハーヴェイ・カイテルと肉体関係を持つきっかけがピアノとの交換で、ピアノを取り戻したくてしょうがないから、体を許したことになっている。あと自分ではしゃべれないから、代弁するのが自分の子供。つまりあの女を無垢なままにしておく装置がいっぱい用意されている気がするのね。自分の意思でハーヴェイ・カイテルと恋仲になって、出て行くほうがフェアなんじゃないかと思う。

江國　それだと映画はつまんなくなっちゃうけどね。

　私はあの装置が好きなんだよね。ただ、鍵盤にメッセージを書くのはいやだった。鬱陶しいというか、なぜ鍵盤？って。あの段階まで心をひらいたんなら便箋に書けばいいのに。それに、子供に持たせるというところもいやだった。

井上　あの子供をものすごく利用してるよね。夜、夫が来たときに子供を盾みたいにして彼を入れないし、ハーヴェイ・カイテルと寝るときには外に追い出しちゃう。

江國　たしかに。

井上　道具立てが美しすぎるんだよ。ハーヴェイ・カイテルと彼女の欲望の映画なのに、あまりにそのことを美化してる。

江國　最後、旦那さんに切り落とされた指をつくってもらって、すべてがうまくいくところはどうかと思う。

井上　最後に船の上からピアノを落とすとき、ピアノについたロープに、彼女が自分で足を入れる場面があるでしょう？　私、ずっと自然に足が入ってたと思ってたんだけど、あれは自分で入れるんだね。

江國　うん、絶対自分で入れてた。

井上　ある種の自殺だよね。贖罪なんだろうけど、いったん沈んで浮かび上がってきて、それで済ませる気？　とどうしても怒りが（笑）。ひっかかって海に引きずりこまれて、でも自分の意思の力で、死んでたまるかって上がってきたほうが納得いく。

江國　うーん。でも、私、あのシーンは好きだった。業の深さの映画だから、自分では死のうと思ったんだけど、やっぱり苦しくて死ねなかったっていう、綺麗じゃないところがよかった。

井上　私は、一度は自分で死のうとしましたってところが、言い訳がましくていらっとするのよ。でも、そうか、業ね。キレイにまとめてないという見方もできるんだね。

江國　主人公が、自分の意思が怖い、自分が何をするかわからないところが怖いっていうのがこの映画の肝だよね。カンピオン映画の主人公たちは、いつも自分が怖いと感じてる。その「自分」は、多くの場合「女」と置き換えられて、そのことが観ていて不快感を呼ぶんだと思う。美しい道具立ての中で徹底的に、女女したいやな部分を描くから。

ウディ・アレンの辛辣さ

井上　このあと話す『インテリア』と比べると、カンピオンは女を、結果としてそう見えるだけで、いやな女としては描いていない。でもウディ・アレンは最初からすごくいやな女として描いてるよね。

江國　まさにそうだね。二人とも女のいやなところはよーくわかってるんだけど、その部分をカンピオンはよんどころないものとして描く。

井上　ウディ・アレンはその部分に対して、辛辣で否定的なんだね。

江國　そしてカンピオンは肯定的だから、肯定的なほうが否定的であるよりもいやさが深度を増すというか、絶対的になる。

井上　カンピオンは、いやな女を描くというより、女とはこのようなものだ、という態度なのね。『インテリア』のお母さんはいやな女だけど、本当に可哀相だね。

江國　うん、すごく可哀相だった。でもこれ七〇年代の映画なんだね。この時代にああいう映画を撮るって、ウディ・アレンはすごい。お父さんが出て行っちゃったあとに、お母さんが「なぜ、私を励ましてくれないの?」と娘に言う、あのセリフはいやな女感全開だったな。

井上　自分が全部支配してるようで、じつは娘たちに依存してるんだよね。

江國　その依存が、あなたがいなきゃ駄目って感じではなくて、どっちかというと高圧的な依存。

井上　彼女にとっては、娘たちは家具とか花瓶と同じ。自分の世界が完成するために必要なものなんだね。

江國　それは、すごい孤独だよね。

井上　お父さんの新しい女は、お母さんとは正反対で、ひとりだけ赤い洋服着て踊っちゃうような人でしょ。あの女が自由だから、お母さんの不自由さが際立つ。いやな女は、自分で自分を不自由にしてるっていうのもあると思う。

江國　映画として観ると、つい新しい女がいやな女に思えちゃう。実際はいい人だけど、調和を乱す感じがいやなんだよね。

井上　家族の中にグイグイ入ってくるしね。

江國　あの女は、あの家族の狂った世界に外から来ただけで、正義なわけじゃない？　その正しさにちょっとむっとなる。

井上　お父さんが盲目的に新しい女に入れこんじゃうからね。

江國　そう。お父さんが悪い。

井上　最初のご飯のシーンで、普通に食事してるのに、お父さんがいきなり試験的別居を言い出すところはすごくいやだったなあ。

江國　あれもずるいね。

井上　あそこではっきり、「俺は女ができたから別れる」って言うならいいけど、希望をもたせちゃう。それなのに最終的に新しい女をつれてくるって、一番タチが悪いよね。

江國　映画で描かれる前だけど、子供たちが三人とも大人になる間に、夫婦の関係を何とかできたはずなのにね。

井上　三女もすごく可哀相だった。あの子が長女の旦那さんに車でレイプされそうになるときに、彼が「引け目を感じない女とは久しぶりだ」っていうでしょ。あの台詞が本当に最低だった。

江國　本当に可哀相。でもあの場面は三女よりも、長女が可哀相だったね。

女のエゴと男のエゴ

井上　でも、いやな男といやな女は中身が全然違うよね。いやな男の映画を選んだら全員お父さんの話だった、とかには絶対ならない。

江國　だめなお父さんや、意地悪なお父さんでも、いやな男にはならないね。
井上　男と女の何が違うのかな。私たちが女だからかな？
江國　女のエゴは、子供や夫を巻き込むけど、男のエゴは強くなると、巻き込むというより、逆に子供すら排除しちゃうって感じがする。
井上　でもさ、そういう男のエゴってスカッとしない？
江國　うん。だからいやな方にいかないいんだね。女のエゴは巻き込むからいやなんだと思う。
井上　いやな男って思うのは、つまんない男だね。つまんないことばっかり大事にしている男。
江國　逆に男の人で子供や妻を搦めとるようなエゴってあるかな？
井上　『籠の中の乙女』[78]って観た？
江國　ううん、観てない。
井上　すごく気持ち悪い映画で、ギリシャのハネケって言われてる人の映画なの。
江國　タイトルがハネケっぽいと思った。

井上　ある家族の話なんだけど、お父さんとお母さんと男の子と娘が二人いるのね。その両親は変な思想に凝り固まっていて、子供たちを純粋培養で育てようといろいろ嘘を教えている。外に一歩でたら、死んじゃうとか。だから、猫が迷い込んできたりすると、悪い動物だと思って、ハサミで殺しちゃったりする。

江國　私その映画すごく好きそう！

井上　すごく面白かったの。最初、娘たちは、家の中だけが自分の世界だと思いこんでいるんだけど、あるとき外界から持ち込まれたビデオを見てしまう。『ロッキー』[79]とか『ジョーズ』[80]とか『フラッシュダンス』[81]のビデオ。外にはこんな世界があるのかって衝撃を受けて、両親の結婚記念日パーティで、『フラッシュダンス』の踊りを狂ったように踊るのよ。

江國　いいなあ。

井上　めちゃくちゃ怖いの。きつねに憑かれたみたいに踊るから誰も止められない。

江國　素敵！　小さいときに妹と一緒に観てたら絶対真似したと思う。でも私、そのお父さんにわりと好感持っちゃうかも知れない。

井上　持たない持たない。もう狂気だもん。でも、あれの一歩手前くらいだといやな男かな。
江國　そうね、あまりに行き過ぎちゃうと、いやな男にはならない。
井上　うん。そういうお父さんいいとか、思っちゃうかもしれない。なんでも決めてくれるお父さん。あれの三歩くらい手前だと、うちの父みたいだな。
江國　あはは。うちの父だと、五歩手前かな。

71『ピアノ・レッスン』1993年フランス／ニュージーランド／オーストラリア。監督ジェーン・カンピオン、出演ホリー・ハンター、ハーヴェイ・カイテル他。

72『卒業』1967年アメリカ。監督マイク・ニコルズ、出演ダスティン・ホフマン、アン・バンクロフト他。

73『インテリア』1978年アメリカ。監督ウディ・アレン、出演ダイアン・キートン、ジェラルディン・ペイジ他。

74『美しすぎる母』2007年スペイン／フランス／アメリカ。監督トム・ケイリン、出演ジュリアン・ムーア、スティーヴン・ディレイン、エディ・レッドメイン他。

75『キューティ・ブロンド』2001年アメリカ。監督ロバート・ルケティック、出演リース・ウィザースプーン、ルーク・ウィルソン、セルマ・ブレア他。

76『秘密と嘘』1996年イギリス。監督マイク・リー、出演ブレンダ・ブレシン、ティモシー・スポール、フィリス・ローガン他。

77『誰も知らない』2004年日本。監督是枝裕和、出演柳楽優弥、YOU他。

78『籠の中の乙女』2009年ギリシャ。監督ヨルゴス・ランティモス、出演クリストス・ステルギオグル、ミシェル・ヴァレイ他。

79『ロッキー』1976年アメリカ。監督ジョン・G・アヴィルドセン、出演シルヴェスター・スタローン、タリア・シャイア他。

80『ジョーズ』1975年アメリカ。監督スティーヴン・スピルバーグ、出演ロイ・シャイダー、ロバート・ショウ、リチャード・ドレイファス他。

81『フラッシュダンス』1983年アメリカ。監督エイドリアン・ライン、出演ジェニファー・ビールス、マイケル・ヌーリー他。

子　供

ジブリは苦手

井上　今回のテーマは「子供」。

江國　私の選んだのが『落ちた偶像』[82]で、荒野さんが『絵の中のぼくの村』[83]、編集部が『ムーンライズ・キングダム』[84]。

井上　私、『となりのトトロ』[85]とかは苦手なんだ。

江國　私も。部分的には懐かしかったり、雨が匂い立ちそうでいいなと思うところもあるけど、子供がノスタルジーを呼び起こすための道具だったり、大人社会批判の道具になっているところがどうもね。大嫌いではないんだけど。大人が自分自身を反省するために、子供の頃はまっすぐだったとか、大人は汚れているとか主張されると、ちょっと受け入れられない。

井上　子供を、大人が失ったものとして描いているからね。子供は失うものじゃないと思う。

江國　その意味では、課題の三本は正しい子供の映画だと思った。今回、いくつか子供の映画を観直して感じたのは、前提として、子供は大人の社会の中で、いるのにいないもの、発言権のないものとされているということ。で、『ムーンライズ・キングダム』はその立場から子供が出ようとする話、『絵の中のぼくの村』はその立場を楽しんでいる話、『落ちた偶像』はそこに不満をもっている話なんだなって思った。

井上　なるほどー。私は「子供の理屈」という視点で考えてみた。そうすると『落ちた偶像』は子供の理屈と大人の理屈がすれ違って、話が変になっていく。『絵の中のぼくの村』は完全に子供の理屈だけの話。そして『ムーンライズ・キングダム』は子供の理屈から大人の世界に出ていこうとする話なんだね。

江國　よかったのは、三本とも映画の中で、子供に可愛いとか明るいとか、逆に暗いとか、何か役割を負わせている感じがしないところだと思う。

井上　そうだね。子供らしさじゃなくて、子供という生き物をきちんと描こうとしてる。

江國　それは大事。やんちゃだとか、無邪気だとかいう、いわゆる子供らしさを描こうとしていない。私、子供の頃、子供が出てくる映画にすごく親近感をもったのね。二時間の映画とかすぐに退屈してしまうんだけど、スクリーンに子供が出てくると観続けることができた。子供が主役だと、さらにぐっと親近感が湧いて、自分のものであるような感じがした。荒野さんはそんなことなかった？

井上　私はなかったな。むしろ子供が出てくると、自分は全然あんな子供じゃないって思っていやだった。その点では今と同じだけど、批判する能力も経験値もなかったから……。

江國　私も『アニー』[86]とかディズニー映画とかには嫌悪感があった。でも、『ペーパー・ムーン』[87]みたいにこましゃくれた子供が出てくる映画は、似てるとは思わないけど、自分と地続きな感じがした。その映画を必ずしも好きになるわけじゃないんだけどね。あと、デパートとかでも他所の子供がいると観察してた。だいたいは自分とは違うって、ネガティブな感情を持つんだけど。

井上　動物みたいだね。私は映画でも現実でも、他の子供のようにはなれないと思って、劣等感を覚えてたの。タイムマシンがあったら戻ってなぐさめてやりたいよ。

子供って残酷なもの

江國　『ムーンライズ・キングダム』って観たことあった？

井上　知ってはいたんだけど、観たのははじめて。この監督、『ザ・ロイヤル・テネンバウムズ』[21]の人だよね。

江國　そうだね。この作品も同じで、色使いがポップで楽しい。この監督の最新作の『グランド・ブダペスト・ホテル』[88]も、ポスターがすごく可愛かった。ずっと観に行こうと思って、試写状を持ち歩いていたのに結局行けなかったんだけど。

井上　小さな島で十二歳の少年がボーイスカウトのキャンプから脱走して、ペンフレンドの女の子と駆け落ちする話だね。こういう映画は、小説ではなくて、映画で観るから面白い。映画でしかできないことをやってると思う。

江國　そうね。それにしてもこの映画、『小さな恋のメロディ』[89]の現代版みたいだよね。

途中で同じ曲を使ってた気がする。

井上　主役の子供が、男の子も女の子もどちらも不機嫌で笑わないところがいい。途中、二人が逃避行してる時に、海辺で音楽をかけて踊るでしょ。女の子は割とムーディに踊るのに、男の子がぐにゃぐにゃ踊るシーンが素敵だった。でも、これはやっぱり子供よりも大人がおもしろい映画だと思う。子供自体もすこし大人になりかかっている歳だしね。そういえば、子供の映画という時に、子供って何歳くらいまでをさすんだろう？　十二歳くらい？

江國　この前読んだ英語の本で、はじめてティーンエイジャーは十三歳からだって知ったの。「サーティーン」と「ティーン」が付くから。それを知ったとき、なんだかとても腑に落ちた。英語だと、十二歳と十三歳の間に区別がある。だから子供が十二歳までって正しいと思う。この作品は年齢も子供ギリギリだし、演出上、あまり人間味が感じられないようにつくられているから、子供感は薄かったかもしれない。街で保安官をしているブルース・ウィリスも、すごく良い役だけど、人情味だけがあって現実味がない。そうやって、現実からずらしてる映画。

井上　そうだね。あの街のつくりも不思議だし、主人公の女の子の家も、ボーイスカウトもすごく変だった。

江國　うん。ボーイスカウトは怖かった。子供同士の極端な感じがあったね。

井上　男の子を捕まえるために、弓矢持って追いかけてくるところとかね。絶対捕まえるとか、絶対追い詰めるとか、物事を「絶対」と決めつけているところは子供の怖いところだと思う。あと、映画の中で子供たちにとってはキャンプの規律を守ることがすごく重要になっている。子供って、決められたことを頑なに守ろうとするよね。

江國　子供はある共同体の中で、自分たちと、自分たちとは違うものをグループ分けしたがる。たぶん弱いもの、毛色の違うものに対する反応が本能にあるんだと思う。

井上　子供は単純に反応するからね。大人よりも残酷なことがある。それとボーイスカウトキャンプの引率者が全然頼りないところが面白かった。

江國　いい人だけど、みんな頼りない。でも、子供の映画は、絶対的に頼りになる大人がいる映画よりも、あてにならない大人がいる映画のほうが好み。本来、子供は自分のいる世界を疑って、信じにくいから、何でも答えをだしてくれる大人がいると嘘臭くなると思う。

井上　あと子供って、実は大人に頼ってない。お金をもらったり、どこか連れていってもらうとかでは頼るけど、基本的には自分の力でなんとかしようとする。結果的に大人の力を借りても、常に自分だけで何とかしてるつもりなんだよ。

江國　そうだね。むしろ大人のことを、守ってあげたいと思ったり、傷つけまいとして嘘をつく。自分の方が、大人よりも正しいと、どこかで思っているんだよね。それがきちんと出ている三本だった。特に『ムーンライズ・キングダム』はそれが強かったと思う。

可愛くない子供がいい

江國　少し前に流行った『キック・アス』[90]って映画があるでしょ。冴えない高校生の男の子がヒーローに憧れて、アメコミのヒーローみたいなタイツを着て困った人を助けようとする。でも彼は普通の高校生で、特に強くもないからすぐ倒されてしまう。すると、突如、彼を助ける親子が現れる。父親は元警察官で、子供は十一歳の女の子で、この二人がむちゃくちゃ強い。それに女の子は見た目がすごく可愛い。でも、容姿に似ずワイルドな戦いぶりで、可愛らしさが鼻につかない。実際はかなり冷酷で、人の足をちょん切っちゃったりするんだけどね。女の子が男性の性器を切り取っちゃう『ハード キャンディ』[91]って映画もあるけど、可愛い女の子が残酷なことをやるのは、ギャップがあっていいよね。

井上　それは別種の恐怖になるね。でも、今回課題の映画を探しているときに、思いつくのは男の子が主役の映画ばかりだった。

江國　私も思いついたのは、男の子の映画ばかりだった。たとえばブラッド・ピットがでていた『リバー・ランズ・スルー・イット』[92]。正確には子供とは言えない年齢なんだけど、川遊びをして度胸試しをするときに、尻込みする兄に向けるブラピの眼差しが完全に子供なの。同じブラッド・ピットがでている『スリーパーズ』[93]も、悪ガキ仲間で遊んでいる姿が子供の世界だし、これは子供の映画には入らないかもしれないけど、『ビッグ』[94]のトム・ハンクスも完全に子供の表情だと思った。

井上　ブラピの目に子供が宿るっていうのはすごくわかる。私たちが好きな子供の映画の中では、女の子は、たとえ出てきたとしても、妹とかだよね。たぶん、女の子が主役だと、自分の中に通じるものがあって、自分の子供時代を彷彿とさせるからいやなんだと思う。

江國　たしかに、『ペーパー・ムーン』のテイタム・オニールも、女の子は演技があまりにうまくてこましゃくれてるから、どうも子供の感じがしない。不快感を持ってしまう。その意味では今回の作品はどれも男の子だし、三本とも子供が上手すぎない。

井上　そうだね。不快感を持つ子供は出てこなかった。割と子供には不快感を持ちがちなんだけど。私、子供の映画があまり思いつかなくって、『ポネット』[95]を観直したの。この主役の子も女の子で、すごく可愛いんだよね。

江國　わかる。あの子、ものすごく可愛い。

井上　だけど、今ひとつだったんだよね。話は、事故でお母さんを亡くした四歳くらいの女の子が、死を受け入れられず、会いたがっている。それに対して、周りは納得させるためにいろいろなことをいう。たとえば、お母さんはもう神様のところにいるとか、会って話すためには、神様の子になる試験に通らなくてはいけないとか。彼女はお母さんに会いたいから、言われたことを健気に頑張ってやり通す。で、これどんなふうに終わるんだろうと思ってたら、最後はお母さんの幽霊が出て来て、お話をして納得するのよ。その終わりはないだろうと。ポネットは納得しても、私は納得しないよ。映画自体が、女の子の可愛さに依存しすぎている。

江國　あれはあの子が可愛くなかったら、成立しない映画だと思う。子供の可愛さっていうのも、吉とでるときと凶とでるときがある。

井上　うん。『ポネット』は撮ってる人が、この子可愛いだろって思っているところがいやなんだと思う。

江國　でも、『絵の中のぼくの村』も監督は思ってる気がする。

井上　確かに。あの子たちも可愛い。私、どうしてこの映画が好きか本当に不思議なの。昭和二十年代の高知が舞台で、少年時代の懐かしい思い出の話。自分の性格からすると嫌いなタイプの話なんだけど、最初に観たとき泣いてしまった。あの美しい圧倒的な自然の中を子供たちが歩いてる姿が、あまりにもいじらしかった。

江國　わかる。私は泣かなかったけど、すごくいいと思った。やっぱりあの子供たちが素晴らしい。それはキアロスタミの『友だちのうちはどこ？』[96]を観たときにも感じたけど、なんて事のない話なのに、すごく胸に迫るものがある。なぜかというと、どちらも、子供が途方に暮れた顔をするときがいい。子供って基本的に途方に暮れやすいじゃない？　そういう瞬間がきちんと捉えられてると心が動く。

井上　あの子供の表情は、映像ならではよね。文章では、どうしても説明になってしまう。この作品って、原作があるんだよね？

江國　うん。でも原作はフィクションではなくて回想エッセイ。原作もすごくいいんだけど、映画は全く違う印象だった。エッセイだと、どうしても著者の田島征三さんが子供時代をふり返っているから、昔の話という印象が強い。でも映画では、もちろん過去のことだとはわかるんだけど、あの子供たちの時代を現代のものとして観たという感じがする。

井上　そうだね。ノスタルジーを強調してないところも良かった。

江國　あの子供たちが喧嘩して、もう我慢できないっていう風にして泣くところがあったでしょ。あのシーンは演技とは思えなくて、見ているこちらの胸が痛くなるような泣きぶりだった。どうやって撮ったんだろう？

井上　猫のけんかみたいだったね。些細な争いだったものが、だんだん大きくなっていく。

江國　あの子供たちは、そのあと役者になったのかな？

井上　あまり活躍を聞かないから、あの作品だけだったかもね。

江國　見た目の可愛さだったら、『ポネット』に負けないけど、『ポネット』みたいに可愛さに頼っているいやな感じはしなかったね。

井上　それは『絵の中のぼくの村』に話の筋がないからじゃない？

江國　そうだね。たとえば、さっき話した子供の途方に暮れる表情も、映画の筋や台詞とは相反するものかもしれない。脚本では定義できないもの、言葉の届かない場所にいる瞬間だから、映像で観るとグッときてしまう。考えてみれば、映画の中の子供の魅力は、世界から切り離されているような、存在の寄る辺なさだと思う。映画にでてるんだけど、でていない感じ。それがストーリーに組み込まれてしまうと、同じ顔をしていても、こましゃくれて見えてくる。

井上　子供って、子供だけで完結してる感じがするよね。世界から切り離されてるのは、子供にとって全世界は自分の外ではなくて中にあるからなのかな。

江國　親が子供に「わかったね」と言って、子供が「わかった」と言うとき、言葉の上では合意していても、親が「わかっている」と期待することと、子供が理解したことにはずれがある。本質的にはコミュニケーションが成立していないと思う。だから、本来、子供と大人は別の次元に属している。そのことが、きちんとわかる映画がいいよね。

井上　うんうん。別の次元という言い方はしっくりくる。

江國　同じ次元で映画を創ってしまうと、あどけない子にせよ、生意気な子にせよ、大人とあまり変わりのない役割になってしまう。でも、別の次元だということを認識していれば、その子供でなくてはならない意味がでてくる。でも、創る立場からしたら、難しいことだと思う。

井上　そうだね。創ってる人がそのことをわかってなければいけない。そして、その別次元感は、創っちゃいけないものだと思う。

江國　うん。それにストーリーではわかっていても、創れないものだと思う。

井上　『イカとクジラ』[97]ってあるでしょ。共に物書きだった両親が離婚して、十五、六歳の兄と小学生の弟がそれぞれ父と母の家を交替で暮らしていく。親がそれぞれダメダメで、多感な時期の子供は、迷惑千万っていうストーリー。これも子供たちの表情がいい。弟はまだ小学生だから、不安な時も子供の表情で不安になっているんだけど、お兄ちゃんは大人になりかけているから、不安な顔に大人が流入してきてる。

江國　子供には子供の不安があって、大人の持つ不安とは有りようが絶対的に違う。

井上　そして子供なりにあきらめたり受け入れたりしてる。悲しいとか腹立たしいとか一言では言えないような曖昧な表情がいいんだな。

子供のいやさ全開の映画

井上　『落ちた偶像』は、台詞でうまく子供の別次元感がだせていたと思う。サスペンス映画だし、台詞も構成も緻密につくっているのに、子供の別次元感もきちんとでているのはすごい。ロンドンの大使館で大使の息子が、大好きな執事が愛人と密会したり、執事の妻が転落死したりするところを見てしまう。原作と脚本のグレアム・グリーンが偉いんだね。あの子、私が思う子供のいやさ――映画としてのじゃなくてリアルな子供としての、という意味だけど――全開だった。

江國　私は大好きなの。子供としてはすごく迷惑なんだけど、「ベインズ、ベインズ」って執事を呼ぶところが大好きだった。最初に観たのはテレビの世界名作劇場。すっかりあの子供に魅了されてしまって、妹と二人でお互いを「ベインズ」と呼び合うだけの「ベインズごっこ」をしばらくしていたくらい。

井上　でも、大人から見ても魅力的で、子供にも信頼されるベインズみたいな大人っているよね。優しいけど、ちょっと無責任な人。
江國　そう。子供はこの人ならわかってくれると思って、とことんまとわりついてしまう。
井上　やっぱりあの言葉の通じなさ加減といい、あの子供も別次元を生きてるね。
江國　それをあんな風に具体化できたのはすごいと思う。
井上　ラストシーンで、しつこく「本当のことを言います」っていうのもすごいよね。あのうるささときたら。
江國　みんな、もうどうでもいいって思ってるのにね。でも、ああいう事は大人同士でもある。人によって価値の置き方に違いがあるし、子供だと単純でわかりやすいから、そのすれ違いが上手く出ていると思う。
井上　嘘とか、真実とかが、あの子にとっての尺度。大人も誰も、その尺度を侵せない。
江國　それに誰も子供の言うことをちゃんと受け取ってないしね。
井上　あの子の思ってる秘密の観念が、大人とは違うんだね。
江國　密会の現場について行くときも、ちょろちょろしてうっとうしい。でもおそらく、あの子は密会とは思ってないし、自分の方が彼と親しい自信があって、自分の家の使用人でもあるから、拒絶されるとも思ってない。あれでも、女の存在を認めているだけ、彼としては多少遠慮したと思う。

井上　秘密も一応守ろうとしたわけだしね。

江國　私、多分自分がいやな子供だったから、この映画の中の、荒野さんのいういやな子供感満載が、他人事とは思えない。自分の中にああいうところがあったと思う。

井上　私は子供いないけど、あんな子が家にいたら怖いよー。同じ種属の生き物とは思えない。

江國　言葉ができる分、動物よりやっかい。取り扱い注意だね。でも映画としてはそこがまた面白かったね。

子供の覚悟と父の涙

井上　『運動靴と赤い金魚』[98]って観た？

江國　観たことはある。けど、どんな映画だったっけ？

井上　十歳くらいのお兄ちゃんと六歳くらいの妹が主役のイラン映画。妹の靴が破れてしまうんだけど、家が貧乏だから、新しい物を買ってもらえない。で、破れた運動靴を靴屋で直してもらって、お兄ちゃんが取りにいくんだけど、うっかりなくしてしまう。当然買い換えるお金もない。だからお兄ちゃんの靴を、妹と交代で履くようにする。で、すこし経って、マラソン大会で三等になると運動靴がもらえることがわかって、お兄ちゃんはここぞとばかりに出場するんだけど、死にものぐるいで走ったことで、つい一等になってしまって……という話。ストーリー自体は他愛ない話だけど、これも子供の表情が、特に黙っているときの顔がいいの。子供たちは素人の子だと思う。

江國　イランとかイラクの映画って、特に素人の子の表情がいいよね。

井上　彼らの表情に、大人とは違う、子供だけの次元で生きている頑なさがある。たとえば、この兄妹は、朝、妹が靴を履いて学校に行き、下校途中の妹とお兄ちゃんがサンダルと靴を交換して学校に行っている。でも、アクシデントがあって、交換がうまくいかず、お兄ちゃんは遅刻してしまう。そのことを先生に怒られるシーン。普通なら素直に事実を言えばいいんだけど、何も言わないで先生をじっと見つめて、ぽろっと涙を流す。それがすごくいい。脚本も台詞をつかわないところがえらいと思う。

江國　やっぱり、言葉の外側にいる生き物なんだね。それが美しくも切ない。

井上　この前観たばかりの『世界の果ての通学路』[99]ってドキュメンタリー作品もよかったなあ。僻地に住んでいる子供たちが四組出てきて、サバンナとか南米の山の上から学校に行くところを撮影したもの。どの家も学校までは二、三時間かかって、子供たちは途中で崖の上とか、サバンナを通りながら通学する。ケニアの子供は、お父さんから象の群れが来たらどうするかを教わっていて、実際に象が来たら、子供たちはお父さんの教えに従って、走って身を縮めてやりすごしたりする。そうして、ほとんど命がけで学校に通ってるの。圧倒的な自然の中ですごくちっぽけに見える子供たちが、ちゃんと自分の意志と力で生きてるんだよね。

江國　いいねえ。

井上　昔、瀬戸内寂聴さんが教えてくれたんだけど、うちの父が、ランドセルを背負って、「行ってきます」と家を出る私を見て、「この子はこんな大変な世界に出ていくんだ」と思って涙がでたって言ったんだって。はじめに聞いた時は、父がそんなこと言うはずないと思ったけど、この映画を観たら本当に言った気がした。

江國　言ったに違いないと思う。通学するという行為だけをとっても、子供はみんな世界と渡りあっているのね。

井上　そう。たとえば、馬で学校へ行く兄妹がいる。途中、妹が馬の前に乗りたいというと最初は駄目といいながら、途中で仕方なく乗せてあげたりする。お兄ちゃんはまだ十一歳なのに、兄的なことをきちんとやるの。自分の中で、出来ることをちゃんと持っているというところがとてもいい。

江國　世界は子供のものじゃないのが前提で、映画でも登場人物はみな、世界は大人のものだと思っている。だから、子供は何をするにも日々渡りあわなきゃいけない。大変だねえ。

82『落ちた偶像』1948年イギリス。監督キャロル・リード、出演ラルフ・リチャードソン、ミシェル・モルガン、ボビー・ヘンリー他。

83『絵の中のぼくの村』1996年日本。監督東陽一、出演長塚京三、原田美枝子、松山慶吾、松山翔吾他。

84『ムーンライズ・キングダム』2012年アメリカ。監督ウェス・アンダーソン、出演ジャレッド・ギルマン、カーラ・ヘイワード、ブルース・ウィリス、エドワード・ノートン他。

85『となりのトトロ』1988年日本。監督宮崎駿。

86『アニー』1982年アメリカ。監督ジョン・ヒューストン、出演アイリーン・クイン、アルバート・フィニー他。

87『ペーパー・ムーン』1973年アメリカ。監督ピーター・ボグダノヴィッチ、出演ライアン・オニール、テイタム・オニール、マデリーン・カーン他。

88『グランド・ブダペスト・ホテル』2013年ドイツ／イギリス。監督ウェス・アンダーソン、出演レイフ・ファインズ、F・マーリー・エイブラハム、マチュー・アマルリック他。

89『小さな恋のメロディ』１９７１年イギリス。監督ワリス・フセイン、出演マーク・レスター、トレイシー・ハイド、ジャック・ワイルド他。

90『キック・アス』２０１０年アメリカ／イギリス。監督マシュー・ヴォーン、出演アーロン・ジョンソン、クリストファー・ミンツ＝プラッセ、クロエ・グレース・モレッツ、ニコラス・ケイジ他。

91『ハード キャンディ』２００５年アメリカ。監督デヴィッド・スレイド、出演パトリック・ウィルソン、エレン・ペイジ他。

92『リバー・ランズ・スルー・イット』１９９２年アメリカ。監督ロバート・レッドフォード、出演ブラッド・ピット、クレイグ・シェイファー他。

93『スリーパーズ』１９９６年アメリカ。監督バリー・レヴィンソン、出演ジェイソン・パトリック、ブラッド・ピット、ロバート・デ・ニーロ、ダスティン・ホフマン、ケヴィン・ベーコン他。

94『ビッグ』１９８８年アメリカ。監督ペニー・マーシャル、出演トム・ハンクス、エリザベス・パーキンス他。

95『ポネット』１９９６年フランス。監督ジャック・ドワイヨン、出演ヴィクトワール・ティヴィソル、マリー・トランティニャン、グザヴィエ・ボーヴォワ他。

96『友だちのうちはどこ?』１９８７年イラン。監督アッバス・キアロスタミ、出演ババク・アハマッドプール他。

97『イカとクジラ』２００５年アメリカ。監督ノア・バームバック、出演ジェフ・ダニエルズ、ローラ・リニー他。

98『運動靴と赤い金魚』１９９７年イラン。監督マジッド・マジディ、出演ミル＝ファロク・ハシェミアン、バハレ・セッデキ他。

99『世界の果ての通学路』２０１２年フランス。監督パスカル・プリッソン。

三角関係

リアルから少しずらした面白さ

井上　今回の課題映画三本はどれもテイストがバラバラだったね。

江國　うん。そのバラバラさ加減がよかった。

井上　編集部推薦の『花とアリス』[100]は、前に観たはずなんだけど内容を全部忘れてた。

江國　私は今回が初めてだった。これは面白かったね。

井上　うん。まさにあの主演の女の子二人の可愛さで成立してる映画だよね。特に蒼井優が可愛い！

江國　あの可愛さは無敵。でも、相手役の男の子も、へたで変なんだけどよかった。蒼井優（アリス）といい感じになってるのに、最後に鈴木杏（花）から泣きながら気持ちを打ちあけられると、蒼井優のことは「そうでもない」と言ってしまう。ひどい話なんだけど、あそこはよく言ったと思った。

井上　そうだね、彼はまったく流されて生きてる。この映画、リアルさという意味では少しずれていて、ファンタジーみたいなところがある。たとえば、男の子がシャッターにぶつかって、記憶喪失になったとしても、恋人を勘違いしていたら、普通、誰かが教えるよね。

江國　でも、ああいうことは小説ではできない、映画ならではのことで、よくできていると思った。他にも花だらけの花ちゃんのお家も少し現実離れしてるし、花ちゃんのお母さんも、園芸好きな設定なのに、全然そんな風には見えない。

井上　そうそう。大きいブラジャーしていて。

江國　大きいブラジャーしてる人が園芸好きでないという理由にはならないけどね。

井上　ああいう家とか、バレエの教室とか、出てくる女の子たちの喋り方とか、現実から少しずらした感じがたくさんある。そのズレの中で成立してる映画だと思った。

江國　うん、それが無いとこの映画はつまらない。

井上　考えてみると、岩井俊二の映画に出てくる人物たちは、みんなああいう喋り方をするよね。それがすごく効いてると思う。高校生たちも、本当の高校生とは少しずれてる。

江國　そこが映画の中のリアリティになってる。とくにこの作品は高校生の物語っていうのが大きいポイントだから。たとえば、オープニングの電車シーン。アリスが同じ電車に乗ってる、話したこともない男の子をカッコいいって言って、花には隣にいる「弟」をあげるよっていうところ。花は「要らない」って言うけど、結局、「弟」を好きになってしまう。

井上　思い込んじゃうんだよね、好きだって。

江國　あの好きになり方は、高校生だからこそ、あり得るもの。

井上　そうだね。あの二人が男の子にキャーキャー言ったり、ストーカーみたいに後をつけたりするところは、なんとなくわかるよね。

江國　うん。わかる。相田翔子が演じてるアリスのママもずれていて良かった。彼女は子供がいないふりをして男の人と付き合ったりするでしょ。ああいう大人がチラッと出てくるのがいい。

井上　うんうん。大人たちのダメさ加減が程いいと思う。あと蒼井優のお父さんも、優しいけど、妙に薄情なところがあったりする。娘が「今度いつ会える?」って聞くと、「また連絡する」って、絶対、日にちを約束しない。

江國　これは、花とアリスの高校生の映画だけど、男と付き合ってるダメダメなお母さんとか大きいブラジャーのお母さんとか、周囲の大人が支えてる映画だね。傍目には「え?」っていうようなことがある大人たちがいてこそ、あの子たちの存在が生きてくる。

井上　そうだね。やっぱり、彼女たちのみずみずしさを強調しようとするあまりに、大人を醜く描いてないところがよかったな。

江國　醜くはないけれど、ダメダメ。

井上　そして、彼女たちは、その大人たちを全然嫌いじゃない。

江國　うん。その関係には、図式的じゃない自由さがあって、この映画は、そういう関係性の中に、あの男の子が入ってきましたっていう物語。いい映画だったよね。

三角関係とは友情の物語

井上　探してみると、三角関係の映画で恋愛だけを描いたものって、意外と無かったよね？　これはどうかなと思っても、友情の話のウェイトが重かったりする。

江國　うん。今回いろいろ観直してみて、やっぱり三角関係には友情がないと成立しないと思った。それから、多くの作品で人が死ぬ。今回の三本の他に、『突然炎のごとく[101]』と『冒険者たち[102]』も観直したんだけど、どちらも友情が強く、人が死ぬでしょ。

井上　そうだね。私が観直した『ソフィーの選択[103]』も最後に人が死ぬ。そして、どちらかというと友情がメインで、その友情を補完するものとして恋がある。

江國　それは物語としては残酷だけど、とても美しいことだよね。

井上　三角関係における友情と恋の違いって、同性愛者じゃない人にとっては、単に相手が異性か同性かの違いだけだと思う。相手にセクシーな感情を持たないから友情なだけで、基本は愛と一緒。

江國　だから、『花とアリス』なら、どっちの女の子と男の子がくっつくかっていうことではなく、女の子たちが、男と女友達のどっちを選ぶかが大切。もちろん、この場合、友情を捨てることは考えもしないんだけど、もっと大人になっていけば、当然友人を捨てる選択肢もある。そして、その選択をさせないために殺すんだと思う。

井上　なるほど！

江國　『冒険者たち』はね、すごく仲良しのアラン・ドロンとリノ・ヴァンチュラの二人が、海に財宝が沈んでいるという話を聞いてジョアンナ・シムカスと一緒に宝探しにいく。で、宝を見つけるんだけど、同じく宝を狙ってるギャングが来て撃ち合いになる。そして、流れ弾でジョアンナ・シムカスが死んでしまう。彼女はどちらかを選ぶ前に死ぬんだけど、死ぬ前に、リノ・ヴァンチュラのほうに、「私はあなたと一緒に暮らしてみたい」みたいなことは言っている。

井上　じゃあ、彼女はまだどちらとも友達みたいな関係なの？

江國　そう。でも、あのまま彼女が生きてれば、両方とも彼女が好きになり、彼女はリノ・ヴァンチュラを選んだはず。だけど、そうならないように彼女が死ぬ必要があった。だって選んだら、つまらなくなってしまうから。

井上　そうか。それで二人の友情は永遠になったんだね。

江國　そう。ラストではギャングに追い詰められて、アラン・ドロンが撃たれて、瀕死の状態になる。そのときにリノ・ヴァンチュラが、「彼女、おまえと暮らしたいって言ってたぞ」と励ますために言うと、「嘘つきめ」と言って、微笑んで死んでいく。この美しい友情がいいの。

井上　なるほど。ちょっとその辺は同性愛っぽいんだよね。

江國　うん、それがないと成立しない。だって、まったく友情がない二人が一人を争っても、三角関係ではなく、その一人が二股をかけているだけになってしまう。Y字関係というか。

井上　たしかにY字関係だ！　まあY字関係でも、世間的には三角関係と言ったりするけど、本当の三角関係のほうが、見ててドキドキするね。

江國　うん。だから、三角関係には荒野さんが言ったような同性同士の愛が必要になる。

井上　そう。そして、その愛はけっこう恋愛に似てると思う。私も『突然炎のごとく』は観直したんだけど、出てくる男の人たちが、ジャンヌ・モローに寛容過ぎる。

江國　そのとおり。観直して、ジャンヌ・モローはこんな役だったっけって思っちゃった。前は可愛い上にカッコいいと思ってたけど、観直すと、かなりひどい。ちょっとビックリした。

井上　もうやりたい放題。三人でドライブに行く時に、自分のパジャマにリボンかけて、二人とは別のアルベールという男の家に「じゃ、私はここに泊まるから」って行ってしまったりする。あのシーンは衝撃だった。

江國　そのシーン覚えてる。他にもヒゲを描いて、タバコ吸いながら男二人従えて歩いたり、すべてが彼女のオンステージ。

井上　だって愛にしても常に最高の状態じゃないとダメなわけでしょう？　それが陰ってくると耐えられなくなって、どこか行っちゃったりする。

江國　カッコいいんだけど、大迷惑だよね。

井上　しかも最後は、ジムを車にのせて、橋から落ちて死んじゃう。ニコニコしながら車に乗って。

江國　死ぬときでさえ、一人では死なない。本当に迷惑な女性だね。私、高校生の頃に初めて観て、彼女に憧れたんだけど、もし今、初めて観たら、憧れはしないと思う。

井上　うん。でも高校生だと、男物のセーターを着たりとか、ああいうこと真似したくなるよね。

江國　うん。でも、これは三角関係というよりむしろ五角関係ぐらいだったね。

井上　そうそう。ほかにも男がいるし、女もいる。だけど、ジュールとジムは彼女が大好きだから、たとえば、同じ山荘の中で「じゃ、今日から私は彼と寝るわ」と言われても許す。途中で彼女が、もうジュールはダメだからジムとつき合うみたいな感じになっても、ジュールは「君が結婚してくれれば僕もいつも彼女に会えるから」って言うんだよね。あれもやっぱり友情だと思う。ジュールとジムは同性愛者じゃないから、二人の間にセックスはないけど、一人の女を介して、その代替行為みたいなことをやってるんだと思う。

江國　そうだね、それも友情の補強にあたる。

井上　だから、彼女が相手と寝たりするのは意外と平気なんじゃないかなとも思う。

江國　そうかもしれない。二人で一人の感じがあるんだよね。ファンタジーかもしれないけど、概念としては美しいと思う。私は『きらきらひかる』で、わりとそういう感じのことを書いたのね。あれは同性愛の男の人が、形ばかりの結婚をして、相手の女の人も好きになってしまう。でも、同性愛者だから、別にどちらかを選ぶことにはならず、物語の最後まで三人はうまくいってる。周りはいろいろ言うけどね。そういう関係って、現実にももっとあればいいのにと思う。

井上　そうだね。なんか居心地よさそうだよね。

江國　うん。たとえそれが四人になってもね。でも、そうなると、なんかの宗教みたいになっちゃうけど。いろんな魅力的な人がいるから、みんな一緒に暮らせばいいのに、みたいな気持ちが私の中にはあるの。

井上　たとえば「この女は俺より奴のほうが好きだ」と思ったときに、俺と奴は二人で一人というふうに思ったほうが楽な気がしない？　そうやって、「今、彼女は彼と寝てるけど、でも彼は俺でもある」と無理やり思うってことはできるかもしれない。

ジュールとジムはちょっとそういうところがあったんじゃないかな。

恋はあてにならない

江國　友情つながりでいえば、次は私が選んだ『鳩の翼』[104]かな。

井上　これ初めて観たけど、いい映画だった。

江國　これもやっぱり友情の映画。でも、『花とアリス』よりはもうちょっと女同士が争う感じがあるね。

井上　もっと生々しい。登場人物が大人だし、お金が絡んでくる。

江國　そう。そして、ちょっと悲しい。

井上　あのラストのシーンがすごくよかった。いろんな解釈ができると思うんだけど、ミリーが死んで、男はヘレナ・ボナム＝カーターのところに戻ってきて、結婚しようと言う。彼女は「わかったわ」って言った後に「彼女の面影を愛さないで」って言うと、男は全然返事しない。

江國　うんうん。

井上　それで最後、男が一人でヴェネツィアに戻るところで終わる。あれはシビアなラストだと思った。

江國　そうだよね。仮にヘレナ・ボナム＝カーターの願いに、男が「わかった」って返事しても、それは無理だもんね。

井上　そうそう。

江國　もうこのケースでは死んだ者勝ち。絶対かなわない。そしてまたミリーがいい娘なんだよね。

井上　彼は最初、ミリーに全然関心なかったのに、やっぱりどこかで情を移すんだよね。

江國　しかもあの二人には、はじめからすごく会話がある。でも男とヘレナ・ボナム＝カーターにはあまり会話があるようには描かれてない。男と女の関係だけど、最初に会話から入っていくのは強い。これは好きになっちゃうなって感じだよね。

井上　教養もミリーのほうがあるし、優しいし、可愛い。「今日は、私は羽目を外したいの」と言うところも可愛い。本当は彼と肉体的な何かを持ちたかったのに、でも彼はできない。
江國　そうなの。彼はいい人だし、イギリス人らしいハンサムで、上品。
井上　うん。あの高潔なところがいいよね。
江國　だから、ミリーとのほうが絶対合う。でも、ミリーは死んじゃう。
井上　ヘレナ・ボナム＝カーターはすごく腹黒いことを考えてたわけだけど、観客としては、こちらに共感すると思う。
江國　するね。すごくかわいそうでもある。他人事ながら、ミリーに心を移さないでほしいと願ったよ。
井上　だって三人一緒に旅行とか行って、自分は先に帰ってきて、でもすごく心配でいろいろゴチャゴチャやるところとか。
江國　手紙書いたりしてね。
井上　あれは本当に三角関係のつらいところが出てたね。
江國　あと、危険なところ。

井上　あれを観て私が思ったのは、意外と恋情というものはあてにならないものだということ。

江國　それはけだし名言。友情のほうがよっぽどあてになります。

井上　友情はすごく強固なものだけど、恋情というのは些細なことでこっち行ったり、あっちに行ったりする。

江國　それはかなり事実。恋情はむしろ死で関係が終わった場合のほうがずっとキープしやすい。

井上　それに恋情はセックスを介在しているので、一時の気の迷いみたいなものもある。

江國　恋情のほうが、一時の思い入れが激しい分、変化に弱いんじゃない？　生きていれば、いろんな変化は避けられないけど、恋情はその変化に耐えられない。

井上　まさに、『突然炎のごとく』のジャンヌ・モローは変化に弱いね。

江國　それでも恋情に執着するなら、死ぬしかない。

井上　うん、死ぬしかない。もしくは殺すしかない。

男と女の友情と三角関係

井上　『セレステ&ジェシー』[105]っていう映画も観たのね。これは友情と言っても男女の友情での三角関係。セレステとジェシーという夫婦がいて、その夫婦が別居しているところから映画は始まるの。まだ離婚はしてないんだけど、もうやっていけなくなって二人は別居した。そしたら逆に仲良くなって、普通の夫婦みたいに友達との食事にも二人で揃って行くようになる。ただ、セックスはしない。で、「私たち、今が一番いい関係」って言うんだけど、途中でその関係がずれていく。

江國　ずれるっていうのは？

井上　彼に別の女の子との間に子供ができたことが発覚して、彼はその女の子の方にいき、関係は完全に崩壊する。

江國　それ寂しい。それだと普通の夫婦で夫が浮気したのとは違って、恋人と親友と両方いっぺんになくすことになる。

井上　うん。この場合はもともと夫婦だけど、やっぱり男と女の友情というと、絶対そういう問題がでてくるね。

江國　そうだね。夫婦ともう一人っていう関係では、『水の中のナイフ』[106]もね、見事に三角関係になってる。

井上　若い男が夫婦のところへ来る話だよね？

江國　そう。この場合、夫婦はあまりうまく行ってない。その二人が、自分たちのヨットに乗りに、港にいく。その途中、ヒッチハイカーみたいな若い男を車で拾う。そして「一緒に君もこないか」って誘うの。そして、ヨットという密室の中での、三人の三角関係がはじまる。ラストで男同士が喧嘩して、若い男は海に落ちてしまう。若い男がなかなか上がってこないから、夫婦は死んでしまったと思い、妻が夫を責め、口論になる。で夫は怒って港まで泳いで帰る。すると、ブイの陰に隠れていた青年がヨットに乗ってきて、妻と関係を持ってしまう。

井上　いきなり？

江國　二人の間には、そのすこし前からそんな雰囲気があったの。ヨットはそのあと無事港に戻り、青年は帰っていく。夫は自分が青年を殺したと思ってるから、警察にいこうとするんだけど、妻は青年が生きていること、自分が浮気したことを告白して、夫を殺人の罪悪感から救うというストーリー。その妻が、カッコいい。

井上　そうか、この場合は男の存在が夫婦の補強になるんだね。

江國　そう。妻が彼と寝たと言っても、夫は信じない。仮に寝たとしても、本気の恋愛ではないことを双方が知っている感じなの。その最後のシーンがね、大人っぽくてよかった。

死んでも続く三角関係

井上　『水の中のナイフ』は、死んだとみせかけて、という話だったけど、私が選んだ『ガルシアの首』[107]は、一人は最初から死んでる。

江國　そうだね。これ、はじめて観たけど本当に面白かった。メキシコの大地主が、娘を妊娠させたガルシアに懸賞金をかける。すでにガルシアが死んでいることを聞いた主人公は遺体を探し出してその首を手に入れて、という話。
井上　そして、これ、主人公と死んでいる男、ガルシアとの友情の物語でもある。あの主人公が首をお金に換えに行こうとしたのも、ガルシアが自分の女とも寝てたってことがわかったからだよね。
江國　そうだね。そして主人公と一緒に旅をする女と主人公も、恋愛関係ではあるんだけど、長年のあいだに友情が生れてるとも言える。
井上　そして、女とガルシアも長年の関係。だから、その三人の関係にも友情が入ってる。
江國　やっぱり友情なんだよね。
井上　そう。でも、やっぱり死んじゃう。女も死んじゃうし、ガルシアは死んでる。よかったのが、主人公がガルシアの首を手に入れて、その首を車の助手席に置いて、話しかけながらずっと帰ってくるところ。
江國　あのシーンがまた友情くさいんだよね。それに、首を冷たくして保存しなきゃいけないから氷入れてシャワーをかけて、女の写真に向かって、「今、アルはシャワーを浴びてるよ」って言う。なんかその台詞もよかった。両方死んでるのに。

井上　うんうん。あの主人公、なんかかわいそうなんだよね。どんどん大変なことになっていって。

江國　最後はほとんど、お金のためじゃなくなってる。

井上　そうそう。

江國　最後に地主のところに首をお金に換えに行って、まわりをダーッて撃ち殺したときに、赤ちゃん産んだ娘が、自分のお父さんのことを"Kill him"って言うあの台詞。あれは一番衝撃的だった。あと、そのお父さんが首にかけたお金はきちんと払ったり、殺したかった赤ちゃんを結構大事に育ててたりするところも面白いね。

井上　一番最初、その女の子が子供の父親の名前を言わないから手下に腕を折らせようとするとか、あのメキシコ感がいいよね。

江國　うん。ああいうところが舞台だと、いくら三角関係でも、どうしたって愛より血のほうが濃くなってしまう。そういう土地で恋愛するのは、命がけだね。

姉妹で三角関係は成立するか

江國　『ラブ・トライアングル』[108]っていう映画を観たのね。弟を亡くして落ち込んでる兄がいる。そして弟には恋人がいた。兄もその恋人と友達なんだけど、その彼女が兄を好きになってしまう。それで、ある時、兄は彼女の親が持つ別荘に行くんだけど、そこでレズビアンの彼女の姉と出会い、関係を持ってしまう。そこに妹がきて、姉は兄と寝たことを告白する。

井上　言っちゃうんだ？

江國　うん。実はお姉さんは子供が欲しいから意図的に関係を持ったんだけど、ラストで彼は、妹が好きだけど、もしお姉さんが妊娠していたらその子を責任を持って育てたいと言いだして、じゃあ、三人で育てましょうとなる。

井上　すごいラストだね。

江國　で、妊娠検査薬の結果を「さあ」って見るところで終わる。観客は妊娠してるかどうかはわかんないけど、妊娠してたら三人で仲良く育てようっていうハッピーエンドなの。でも、それで妊娠してればいいけど、してなかったら、もう一回やるわけにいかないからどうするの？って、観終わってちょっと思っちゃったんだけど。

井上　たしかに！

江國　ちょっと変な映画なんだけど、面白かった。

井上　でも、三角関係で姉妹プラス男とか、あと兄弟プラス女っていうのもあるかもしれないね。

江國　あるよね。ただ、今回観た中にはそれしかなかった。

井上　姉妹だと、友情よりもうちょっと厳しい感じになるからかな？

江國　なると思う。他の三角関係みたいに、男の存在が姉妹の絆の補強にはならない。

井上　うん。すごく強い絆の姉妹だと、補強する必要もないけど、姉妹って普通は意外と薄かったりするし、一方で肉親でもある。逆に反発する要素のほうが強かったりするものね。

江國　うん。たとえば十代だったらあるかもしれない。十代で姉妹の絆がすごく強かったら、補強できると思う。二人で一丸となって一人の男をたぶらかすみたいのだったら。だけど、ある程度大きくなったら無理かな。
井上　そうだね。でも、江國姉妹ならやれそうだよ。
江國　無理無理。私はどんな男より妹の方が好きだから。井上姉妹は？
井上　えーとね、計画の段階で姉妹ゲンカになって終わると思います。一人の男を取り合うことになったら、けっこう厳しいよね。だってすごく生理的に似てるところもあるわけじゃない。そして、違うところというのは、いやなところだったり、コンプレックスを感じているところだったりする。
江國　よくわかる。荒野さんは男性の兄弟の両方を好きになっちゃったらって想像できる？
井上　それはジャンヌ・モロー的なこと？
江國　うん。恋人のお兄さんとか弟ではなくて、両方ともと友達みたいに仲良くしてた場合。

井上　たぶん自分でどっちか一人だと思い込むと思うよ。
江國　そうか。でもそう考えると、知りもしない男の子たちを、「あの人カッコいいね」とか「弟をあげるよ」っていう、『花とアリス』の冒頭と同じかもしれないね。

選ばれなかったもうひとつの幸福

井上　『不倫期限』[109] っていう映画観た？
江國　観てない。
井上　これなかなかいい映画だった。主人公の男に、奥さんと八つぐらいの娘がいる。そして彼は、その娘が通ってる、奥さんより若い金髪の美人歯科医と浮気している。ある日、その歯医者に娘と一緒に奥さんを連れて行ってしまって、恋人から、「私の前に奥さん連れてこないで」とか、「すごくつらかったわ」とか責められる。それで男は奥さんに「好きな女ができた」って告白してしまって、そして奥さんが怒って別れるだけの話。

江國　えー!?

井上　ストーリーはなんてことのないものなんだけど、細部がいいの。たとえば、男はただの遊びで不倫していて、家族ともうまくやってる。でも、不倫の相手と甘い時間を過ごしたあと、普段の家庭生活に戻ったとき、男は微妙に家族に飽きていく。その感情の微妙な変化がとてもうまく描かれている。

江國　面白そう。でも別れたあとは彼女のところに行くの?

井上　そこまでは描かれてないの。私は、ずっとこのまま騙してやってけばいいじゃんと思うんだけど、男は善人だからそれができなくなってきて、妻に不倫のことを告白してしまう。その告白もつい言っちゃいましたみたいな感じがしていいのよ。

江國　それは、いろいろ身につまされるね。実際、現実はそういうことでできてるよね。

井上　そうなの。倫理とか道徳とか正義とかとはべつのもので動いていく部分がどうしようもなくあるんだよ。

江國　うん、すごく観てみたいな。そういう映画は、たとえば不倫を人のせいにしたら、絶対に面白くないんだよね。おまえがダメだからとか、おまえが魅力的だからとか、誘惑されたからってなると全然面白くなくて、その人が矛盾とか葛藤を引き受けないと面白くない。

井上　『不倫期限』は、別れるしかないってことになったあと、まだ誰にも言えず、二人で奥さんの実家の、幸せそうなクリスマスパーティに行くシーンで終わるの。彼が捨てたものが最後に描かれている。それがすごくつらい感じがでていて、またいい。

江國　いい映画だと、選んだ結末とは別に、選ばなかったもう一つの人生がきちんと幸福として存在している。二つの人生は両立しえないし、正解があるわけでもないけど、そのことが大切だったりするよね。そしてもうひとつの人生は永遠にある種のステータスを持つ。

井上　そうだね。選ばれなかったものとしてのステータス。それがきちんと描けてると面白い。逆に、どちらかが本物だっていうふうに描かれてると、もう語るに足りないよね。

100『花とアリス』２００４年日本。監督岩井俊二、出演鈴木杏、蒼井優、郭智博他。

101『突然炎のごとく』１９６２年フランス。監督フランソワ・トリュフォー、出演ジャンヌ・モロー、オスカー・ウェルナー、アンリ・セール他。

102『冒険者たち』１９６７年フランス。監督ロベール・アンリコ、出演アラン・ドロン、リノ・ヴァンチュラ、ジョアンナ・シムカス他。

103『ソフィーの選択』１９８２年アメリカ。監督アラン・Ｊ・パクラ、出演メリル・ストリープ、ケヴィン・クライン、ピーター・マクニコル他。

104『鳩の翼』１９９７年イギリス。監督イアン・ソフトリー、出演ヘレナ・ボナム＝カーター、ライナス・ローチ、アリソン・エリオット他。

105『セレステ＆ジェシー』２０１２年アメリカ。監督リー・トランド・クリーガー、出演ラシダ・ジョーンズ、アンディ・サムバーグ他。

106『水の中のナイフ』１９６２年ポーランド。監督ロマン・ポランスキー、出演レオン・ニェムチック、ヨランタ・ウメッカ、ジグムント・マラノウッツ他。

107『ガルシアの首』１９７４年アメリカ。監督サム・ペキンパー、出演ウォーレン・オーツ、イセラ・ベガ他。

108『ラブ・トライアングル』２０１１年アメリカ。監督リン・シェルトン、出演エミリー・ブラント、ローズマリー・デウィット、マーク・デュプラス他。

109『不倫期限』２０１０年ルーマニア。監督ラドゥー・ムンテアン、出演ミミ・ブラネスク、マリア・ポピスタス他。

老人

老人とインド

井上　老人映画は選ぶのが難しかったね。思いつくものはいろいろあるんだけど、観てみるとつまらなかったり。でも今回の三本はどれも面白かった。中でも編集部推薦の『マリーゴールド・ホテルで会いましょう』[110]は模範的な老人映画だと思う。

江國　この映画、封切りのときに観逃してしまったから、ずっと観たかったんだ。でも観たい気持ちと、私の嫌いな心温まる映画だったらどうしようって、躊躇する気持ちとのせめぎ合いがあって。

井上　そういうことで観逃す映画ってあるね。

江國　でも今回は観て正解だった。

井上　うん。心温まるけど、温まり方がいい具合にできてるんだよね。

江國　それぞれの事情でインドの高級リゾートに移住することを決意した、イギリスの老人七人のお話。

井上　インドに旅立つところから映画が始まるんだけど、まず映画に出てくる老人のバランスがいいよね。色ボケ親父とイケイケのおばあちゃん、とか。あのゲイのおじさんの存在も効いてたと思う。

江國　インドの色彩と音と匂いに満ちた感じが、老人と相性が良かったんだね。

井上　そうだね。老人が立ち向かうものとして、インドっていうのは面白い。

江國　老人って、若い人に比べて、一人一人の味わいが濃くなってしまうでしょ。色ボケの老人は、若い色ボケの男の人よりも、迫力も増してしまうし、いやらしさも増してしまう。いじわるなのも、もっと強烈に感じる。

井上　そうだね、年齢を重ねている分、各要素が煮つまってる感じがあるね。

江國　そういう人生経験がある老人を、安易に批判できないし、それがあの人数いたら、インドにでも連れていかないとバランスとれないね。

井上　世界中旅したけど、インドだけは絶対行きたくない、っていう人いるよね。ましてや住むなんてもっと大変。

江國　登場人物たちも、あの歳になって、ようやく行けるんだろうね。もう怖いもの無しで、失うものがないからね。

井上　あるいは、人生に切羽つまってるから、大逆転できるかもしれないと思って行くのかもしれない。

江國　自分で考えてみても、インドに住みには行かないだろうなって思う。でも、もし住む先が高級リゾートで、セキュリティも万全と信じちゃったら、行っちゃうかもしれないね。

井上　私も最初、実物を見ないうちは、マリーゴールド・ホテルにちょっと住みたいって思った。

江國　あの映画は、インドにいるイギリス人という外国人同士が、異文化の中で行動する話だから、観てていやじゃない。でも、もしイギリス国内で起こる話だったら、ものすごくしゃらくさいっていうか、うっとうしく感じると思うんだよね。

井上　老人が？

江國　ううん、物語。たとえば、ジュディ・デンチがインド人の青年にアドバイスするところとか、押しつけがましくて、いやな感じがすると思う。でも外国人ゆえ、インド人でないがゆえ、面白く観られたってことはあるかもしれない。

井上　ストーリーは割とありふれてるんだけど、舞台をインドにすることで平凡になることを回避して、面白くしてる。あと役者がよかったんじゃないかな。抑制も結構効いてたしね。

江國　うん、イメージ以上に効いてたね。

井上　ああいう人物像が成り立つのは、イギリス人に共通の道徳素養みたいなものがあるからだね。登場人物同士に信頼がある。だからこれが全員日本人なら、違うところを面白くすると思う。

江國　アメリカ人でもね。

井上　どういう風になるのか、アメリカ人は想像つくね。

江國　アメリカ人は、グレーゾーンの感情の揺れがなく、完全にいやがるか、怒るか、受け入れるか、愛しちゃうか、するだろうね。そういう意味で、この映画はどの登場人物も、グレーゾーンな気持ちをいっぱい持っていて面白かった。それと、この映画を観て思ったのは、老人はいい人よりも少し問題のある人のほうが胸に迫るということ。

井上　確かに。イギリスに帰ってしまう奥さんは胸に迫った。全然綺麗じゃない彼女が、髪を振り乱して、ひとりで帰ろうとするところは、なかなか感動的なシーンだった。

江國　うん。彼女は、せっかく旅にきてるのに、どこにも行かないって言ったり、ご主人にも嫌味な言い方してて、ほめられた妻ではない。しかも、夫には怒るくせに、他の男の人に迫ったりする。

井上　でもあの迫ったのはよかったよね。

江國　すごく胸に刺さったね。

井上　あと、夫婦でイギリスに帰ると言って、出ていったとき、絶対夫は途中でジュディ・デンチのところへ戻るなって思ったけど、それをどう奥さんに切り出すのか観てたら、奥さんの方から言う。あそこがよかったね。

江國　あのシーン、すごく悲しかった。

井上　でもあれで奥さんも、人間的に少しはいいところあるってなるからね。ちょっとできすぎでずるいけど。

江國　書き手の立場になっちゃうとずるい感じがするんだけど、観客としては妻の言葉に救われる。

井上　本当は旦那がもう少し非情になって、「やっぱりおまえとは一緒に行けない」ってジュディ・デンチの元へ行っちゃったほうがリアルだと思う。映画としては、今のままでよかったのかもしれないけどね。

江國　映画としてはね。だって、あそこ良い場面だもん。

忽然と老人にはならない

井上　物語の中で、老人を別の生き物みたいに扱って、老人なのにとか、老人だからとか、って描かれるとつまんなくなると思わない？

江國　うん。私も児童文学で、老人がでてくると警戒しちゃう。例えば、お父さんとお母さんはガミガミしてるけど、おじいちゃん、おばあちゃんは優しくて、最後には物事を解決してくれるみたいに描かれているとつまらないよね。

井上　妙な万能感をあたえられていたりするとね。テレンス・スタンプが出てる『アンコール!!』[111]っていう映画を観たんだけど、これがいまいちだったの。

江國　観たことない。どんな映画？

井上　主人公のテレンス・スタンプは七十二歳で頑固者。息子とは折り合いが悪いけど、奥さんだけはとても愛してる。その奥さんは合唱好きで、地元のシニア合唱団に入ってる。でも彼は合唱を馬鹿にしてて、一緒にはやらない。ある日、奥さんの癌が再発してしまう。すると、愛する奥さんの残された人生を思い、テレンス・スタンプもしぶしぶ合唱団についていくようになる。合唱へ理解を示しはじめた頃、奥さんが死んでしまう。孤独になった彼は、合唱団で歌うようになるという話。感じの悪い映画ではないんだけど、そもそも、ずっと合唱を馬鹿馬鹿しいと思っていた男が急に転向するかなと、思うんだよね。死んでもやらないというのが本当だし、そっちを描けばいいと思う。せっかくテレンス・スタンプが格好いいのにがっかり。

江國　ストーリーが凡庸でも、役者がいいから、なんとか観られたんだね。それとは逆に、素晴らしい映画なんだけど、『扉をたたく人』[112]って観た？　主人公は六十を過ぎた大学教授。奥さんが亡くなって、いろんな事がどうでもよくなり、心を閉ざしている。他人への感じも悪いし、授業も熱心でない。その彼が学会でニューヨークに行く。彼はニューヨークに部屋を持ってるんだけど、行ってみるとそこが又貸しされて、不法移民のカップルが住んでいた。男はシリア系で、女性はアフリカ系。一度は追い出すんだけど、男の子がジャンベという楽器をやっていて、次第に仲良くなり、彼からジャンベを教わったりもする。ある日、二人で出かけると、地下鉄で、シリア系だからという理由で、男の子がキセルの疑いをかけられて逮捕される。留置場にいれられた彼を救うために、弁護士をたてるけど、結局強制送還になってしまう。最後は無力感に苛まれた教授が、地下鉄のホームでジャンベを叩くところで終わる。素晴らしいのは、意固地な教授が、不法移民の二人に出会って変わるんだけど、変に優しくならない。意固地は意固地なまま。

井上　変化の描き方が大切なんだよね。老人は私たちが歳を重ねた先にある。忽然とは老人にならない。だから誰かの死や、大きな出来事があっても、急に性格は変わらない。

江國　そうだね。急に変化すると鼻じらんでしまう。この教授は、きちんと弁護士をたてれば助けられないはずはないと思っているのに、結局無力であるという、ラストもよかったと思う。

柄の悪さと格好よさ

江國　次は私が選んだ『ハロルドとモード／少年は虹を渡る』[113]。

井上　これ面白かったね。狂言自殺をしたり他人の葬式に出たりする悪癖のある十九歳の少年（ハロルド）が、自分と同じ趣味を持つ七十九歳のおばあさん（モード）に出会って惹かれていく。

江國　あのおばあさん可愛いよね。ちょっとファンタジックで出来過ぎな所はあるけど、

井上　最後はとてもシビア。ラストが最高。あれで二人が手に手をとって駆け落ちとかじゃ、がっくりだものね。

江國　駆け落ちのあとを想像すると余計悲しくなる。

井上　それと、隅々が可愛くてキュート。お葬式に行くのが趣味で、二人がお葬式で会うのもしゃれてる。

江國　私、昔観たときは、おばあさんが可愛いって印象だけが強くて、出会いのお葬式のシーンはすっかり忘れてた。お葬式でハロルドを呼ぶために「ツツツ」って舌を鳴らすモードの顔、ちょっと怖いよね。

井上　可愛くもあるけど。

江國　自分の祖母を思いだしたよ。祖母は明治生まれだけど、大正の頃に青春だった人って、ある程度柄の悪いのを格好良しとしたところがある。モードにはそれと同じ匂いがあった。

井上　彼女の、過去を表にださないところもよかった。その分、一瞬すごく悲しそうな顔をするところも効いてたね。

江國　さっきの話で言えば、モードはおばあさんというより、「女」の歳取った存在として描かれていて、それがいい。

井上　やっぱり老人の映画はそうじゃないとだめだよね。この映画はある種のファンタジーだけど、リアルな感じとうまく組み合わさっている。

江國　男の子がいいんだよね。いつも無表情で。

井上　ちょっと『卒業』[72]のベンみたいだと思った。ぼんやりしてて、お母さんが過保護なところも似ている。あと男の子が少しずつモードに気を許していって、少しずつ好きになる、その少しずつ感がよかった。

江國　友情からはじまって恋に落ちる。大人っぽい恋というか、納得のいく惹かれようだよね。恋とか結婚を目指してないところから、恋へ発展していくのがよかった。目指してたら、惹かれないと思うけど。

井上　彼はまだ女の人のことがわかってない。だから、自分の魂に近いということでモードを選んでいる。

江國　そこが素敵だね。彼女も恋に遠慮がないところがよかった。

井上　ラストでモードは死んじゃうじゃない？　元から八十歳になったらそうしようと思ってたのかな？　それとも彼が、自分のことを愛してるとか言い始めたから、彼の将来のために死んだのかな？

江國　はじめに観たときは彼のためだと思ったけど、最初の教会でも「来週八十になる。死ぬのにはいいタイミング」と言ってるから、予定通りだったのかもね。

井上　そっちのほうがいいよ。

江國　でも最初から思ってたとしたら、人生の最後の飾りみたいに、彼に手をだすのはどうなんだ？

井上　彼女は、ハロルドがそんなに自分のこと好きになるとは思ってなかったんじゃないかな。八十歳で命を絶つと決めてたから死にましたって、身勝手さがいいじゃん。

江國　そりゃそうだ。それに、もしかしたら、衰えて醜くなった自分をハロルドに見せたくないから、死ぬ決意がさらに固まったのかもしれない。

井上　ラストシーンは、モードが天真爛漫で無邪気だから、余計にいい。

江國　彼女の行動はすべて自己演出だよね。その自分のためっていう正直さがいい。正直だからみんなが当たり前にすることを良しとしないし、ハロルドとはそこで同じ匂いがするんだと思う。ハロルドの自殺の真似だって、ある意味、自己演出だもんね。

井上　最初の首を吊ってるシーンにはびっくりした。シリアスな映画かと勘違いしたよ。それに、最後もハロルドは死んだと思った。バンジョー持って車から飛び下りてたなんて！

江國　踊るように歩き去っていくところ、可愛いよね。

井上　それと二人の間に肉体関係もあってよかった。

江國　私もあってよかったと思う。心が惹かれ合っただけ、だと綺麗事だもん。

井上　少なくともハロルドの中では、本当の恋にしたかったんだと思うし、モードは肉体関係を拒絶するようなモラルはもっていない。あそこで行為への二人の逡巡がまったく描かれていないところがいいよね。

歳を重ねて気づくこと

井上　私、『八月の鯨』[114]も観たの。

江國　私も観た。いい映画だよね。封切りのときに観て、おばあさんたちの暮らしぶりに憧れたけど、今回観直したら、回想シーンのセピアから、現在のカラー映像に変って、登場人物たちが歳とっているだけで泣きそうになった。若い頃はひっかかりもしなかったシーンに、今は、ああこんなに時間が流れてしまったんだと、そのことだけで胸に迫るものがある。

井上　私たちにとっての、もう戻れない昔が、子供の頃じゃなくて、青春時代になってるからね。

江國　そうなると、リリアン・ギッシュが亡き夫の写真に話しかけるところとか、些細なところで、悲しくしみじみしてしまう。

井上　ディナーだからって、わざわざきれいなお洋服を着るところも悲しい。素敵な服で、アクセサリーもばっちりで、余計に悲しさが募る。

江國　二人はきちんと暮らしてるんだよね。足首がない形の足になったベティ・デイヴィスと、細くぎすっとした足のリリアン・ギッシュがゆっくり歩いていくだけで胸に迫る。冒頭では斜面を駆け下りた、きれいな娘たちだったのに。

井上　ベティ・デイヴィスが宝箱を開けて、封筒の中から、髪の毛の束をだす。たぶんそれは、亡くなった夫の髪の毛なんだけど、それで自分の顔をなでるシーンにぐっときた。

江國　うん。しかもいい母、いい妻ではなかったからね。

井上　だから今はもう、過去の思い出としての髪の毛を愛おしむしかないんだよね。そして、この映画は、姉妹というのがポイントだと思う。姉妹だからこそ、あの時こうだったとか、母さんはこう言ったとか、共有している時間がある。でも、そういう話をするのが悲しい。

江國　それぞれ結婚して離れていた時期があるし、姉妹だからといって相思相愛で暮らしているわけじゃない。それでもお互いに気遣いながら暮らしているところが悲しくて。

井上　でも、私たちもああいう風になると思う。

江國　うん、なるよ。

井上　語り合って、「うんうん」って言ってくれる人がいることは、良いことであるけど、悲しいことだね。

江國　悲しい。でもいないともっと悲しい。

井上　うん。あの姉妹も、二人でいるからよかったなと思う。

江國　あの歳になったら、そういう相手がいない場合が多いでしょ。そうすると気難しくなっていくのは当然だと思う。誰かと体験を共有できないって決定的なことだからね。八十年分の人生なんて、いくら親切に聞いてくれる人がいても、同じ時間を共有していなければ説明できるはずがない。

井上　最初はわかってもらおうとするかもしれないけど、きっと諦めてしゃべらなくなるね。自分の本当なんてわからないし、他人には、もちろんわかるわけがない。そのことが、老人になるといよいよはっきりしてくる。世間からは老人になると丸くなると思われるけど、老人になればなるほど頑なになっていく。

江國　言うのが面倒くさかったり、無駄だと思っているから、どっちでもいいですよと言うと、丸くなったと言われる。積極的に誰かを叱ったり、人に関わったりしたくなくなってくるから老人は優しく見えるのかもね。

居場所は記憶の中にしかない

井上　最後は私が選んだ『エレニの帰郷[115]』。
江國　これは難解な映画。映画監督が両親の人生を振り返る物語だけど、現在のパートと過去のパートが入り乱れているし。
井上　私はブルーノ・ガンツ演じるヤコブが、老人になっても愛する女を思って死んだことに感動したの。老人になるまで、一人の女性への愛情が持続していることがすごいと思った。
江國　素晴らしいことだね。そして、実際にそういうことはあるんだろうなと思う。
井上　老いによって、いろんなことができなくなったり、なくなったりしている中で、愛情だけが残って、そこに縋っているんだね。

江國　愛情と記憶に、だよね。特に記憶の場面がよかった。ベルリンのバーにいるとき、ミシェル・ピコリ演じるスピロスの頭の中で、過去のバーの記憶が重なったり、老人となった現在に、似たような過去の記憶が浸食してくるところが、すごくいい。小説ではできない、映画ならではのシーンだと思う。

井上　そして、ラストでエレニが死んだあと、スピロスが「迎えにきた」と孫を連れて窓辺に行くでしょ。はっきりとわかるように描いてないけど、あのあと、二人は死んでしまったのかもしれない。孫を連れていくなんて相当身勝手なんだけど、そこもぐっとくるんだよね。

江國　きれいな場面だったよね。さらに言えば、映画の冒頭から、過去パートでは、収容所にいたりして、生と死について、ずっと描かれていたから、二人の死も必然な感じがする。スピロスは老人だから、いずれ死の世界に行く。そして、祖母と同じ名前の孫エレニは、そこに連れていってくれる天使的な役目だったんじゃないかと思うの。

井上　この映画はそうして生と死を選びながら、いつも心の中にいる、エレニという女に殉じる話なんだよね。

江國　でも両方に想われたままのエレニは、ずっとそのままでいいのかな？

井上　彼女はスピロスを好きだったんだよね。でも、三角関係だった三人が、歳をとって再会したときに、男同士が確執なく、「会えてよかった」とやるところはよかったよね。

江國　この映画も、歳を重ねると、結局誰かの記憶の中にしか居場所がないという話なんだね。

井上　うん。記憶って、老人映画にとっては大切なモチーフ。ハネケの『愛、アムール』[116]でも、病気で衰えていく妻を介護しながら、同じ部屋には、元気で幸せだった頃の記憶が、地雷のように転がっている。妻が去ったあとも、そこで毎日生きていかなくてはならない旦那さんは辛いよね。

江國　映画の大半は、妻が病気になってからを描いているけど、冒頭の、コンサート帰りの夫婦の幸せな時間が、映画を観てる間中、鮮烈に残っていて悲しかった。

井上　あの映画も歳をとったら人は死ぬということ、そしてそれを見送る人がいるということを容赦なく描いた映画だよね。

江國　辛い映画だった。もう一つ観たシャーロット・ランプリング主演の『まぼろし』[117]って映画では、海で夫が遭難し、行方が分からなくなったあと、彼女の元に、夫のまぼろしが何度も現れる。家の中でひとりでいるときも、新しい彼氏と身体の関係を結んでいるときにも。そして、ひとりで寝るとき、妻はその夫のまぼろしを受け入れ、愛おしそうに触り、でもまぼろしは朝には消えている。夫がいなくなったあとも、彼女はまだ生きていかなきゃいけないことが否応なく示されるそのシーンがすごく辛い。

井上　それは悲しいね。映画の最後は、どう終わるの？

江國　ビーチにある人影に、夫だと思って駆け寄っていくところで終わり。この終わり方も辛い。老人の映画では決して死を避けることができないよね。死そのものが出てこないとしても、もう遠くないうちにくるものという、暗黙の了解がある。

井上　誰かが死んだ後をどう生きていくか、ということだね。残された人は生きていかなきゃいけないから。デヴィッド・リンチの『ストレイト・ストーリー』[118]の中で、若者が、歳取って良いことと最悪なことは何か、老人に聞くシーンがあるの。老人の答えは、良いことは、経験を積んで、実と殻の区別がついて、細かいことを気にしなくなること、最悪なことは、若い頃を憶えていることだって。

江國　その通りだね。

井上　歳を重ねれば、若い頃にできたことが何にもできなくなる。でも、できたことは憶えてる。私たちは、いきなり老人になるわけではないから、そのことをいつから受け入れるようになるのか、それが問題だね。

110『マリーゴールド・ホテルで会いましょう』2011年イギリス／アメリカ／アラブ首長国連邦。監督ジョン・マッデン、出演ジュディ・デンチ、ビル・ナイ、マギー・スミス他。

111『アンコール!!』2012年イギリス。監督ポール・アンドリュー・ウィリアムズ、出演テレンス・スタンプ、ヴァネッサ・レッドグレイヴ他。

112『扉をたたく人』2007年アメリカ。監督トム・マッカーシー、出演リチャード・ジェンキンス、ヒアム・アッバス他。

113『ハロルドとモード／少年は虹を渡る』1971年アメリカ。監督ハル・アシュビー、出演ルース・ゴードン、バッド・コート他。

114『八月の鯨』1987年アメリカ。監督リンゼイ・アンダースン、出演リリアン・ギッシュ、ベティ・デイヴィス他。

115『エレニの帰郷』2008年ギリシャ／ドイツ／カナダ／ロシア。監督テオ・アンゲロプロス、出演ウィレム・デフォー、イレーヌ・ジャコブ、ブルーノ・ガンツ、ミシェル・ピコリ他。

116『愛、アムール』2012年オーストリア／フランス／ドイツ。監督ミヒャエル・ハネケ、出演ジャン＝ルイ・トランティニャン、エマニュエル・リヴァ、イザベル・ユペール、アレクサンドル・タロー他。

117『まぼろし』2000年フランス。監督フランソワ・オゾン、出演シャーロット・ランプリング、ブリュノ・クレメール、ジャック・ノロ他。

118『ストレイト・ストーリー』1999年アメリカ。監督デヴィッド・リンチ、出演リチャード・ファーンズワース、シシー・スペイセク、ハリー・ディーン・スタントン他。

おわりに

心を丈夫にしてくれたのは、本と映画でした。その二つは、いまも私の生活に不可欠なものです。

井上荒野さんとは、三十年近く前に初めてお会いしたときから波長が合って、何の話をしていても、〝そうだよね〟〝うん、そうそう〟〝でしょ？〟〝でしょでしょ？〟と無闇に意気投合してしまうのですが、その無闇な意気投合のうしろには、それぞれが観てきた、こういう映画たちの存在があったのだと、今回対談をしてみてわかりました。

しかし――。映画の話をしているつもりが、いつのまにか自分たちの何かを語ってしまっている。露呈するっておそろしいです。デートで映画を観るのは危険だ、というのがかねてからの私の持論なのですが、そのこととこの〝露呈〟とは、無関係ではないのでしょう。

小説も映画も次々に新しいものが生れます。読んだ本も観た映画も私はすぐに忘れてしまうのですが、それでも、架空の世界からはみだしてくる力には作用があり、現実と非現実の往復を、すればするほど体力がつきます。映画館で映画を観終え、一歩おもてにでたときのあの違和感——。現実の方が現実味を失っていて、おもしろい。

たった数時間で映画にどのくらいのことができるかには、まったく驚かされます。自分がどのくらい遠くに連れ去られてしまうかにも。

対談中、映画について話せば話すほど、もっと映画が観たくなりました。もっともっと、ときりもなく観たくなって困りましたが、この本を読んでくださったかたたちに、その欲望が伝染したらうれしいです。人は（もちろん私自身を含めて）、もっと映画を観るべきだと思う。

江國香織

初出 ／ Ⅰ「ROLa」2013年9月号～2014年7月号
Ⅱ「小説新潮」2014年10月号、2015年1、4、7月号

井上荒野

いのうえ・あれの

1961年東京都生まれ。89年「わたしのヌレエフ」でフェミナ賞、2004年『潤一』で島清恋愛文学賞、08年『切羽へ』で直木賞、11年『そこへ行くな』で中央公論文芸賞、16年『赤へ』で柴田錬三郎賞を受賞。他の著書に『もう切るわ』『ひどい感じ　父・井上光晴』『つやのよる』『だれかの木琴』『結婚』『虫娘』『悪い恋人』『リストランテアモーレ』『ママがやった』『綴られる愛人』『あなたならどうする』『その話は今日はやめておきましょう』など多数。

江國香織

えくに・かおり

1964年東京都生まれ。87年「草之丞の話」で「小さな童話」大賞、89年「409ラドクリフ」でフェミナ賞、92年『こうばしい日々』で坪田譲治文学賞、『きらきらひかる』で紫式部文学賞、99年『ぼくの小鳥ちゃん』で路傍の石文学賞、2002年『泳ぐのに、安全でも適切でもありません』で山本周五郎賞、04年『号泣する準備はできていた』で直木賞、07年『がらくた』で島清恋愛文学賞、10年『真昼なのに昏い部屋』で中央公論文芸賞、12年「犬とハモニカ」で川端康成文学賞、15年『ヤモリ、カエル、シジミチョウ』で谷崎潤一郎賞を受賞。他の著書に『ちょうちんそで』『はだかんぼうたち』『なかなか暮れない夏の夕暮れ』など多数。小説以外に、詩作や海外絵本の翻訳も手掛ける。

あの映《えい》画《が》みた？

著者

井上《いのうえ》荒野《あれの》　江國《えくに》香織《かおり》

発行

2018年6月30日

発行者

佐藤隆信

発行所

株式会社新潮社

〒162-8711 東京都新宿区矢来町71

電話 編集部 03-3266-5411

読者係 03-3266-5111

http://www.shinchosha.co.jp

印刷所

大日本印刷株式会社

製本所

大口製本印刷株式会社

乱丁・落丁本は、ご面倒ですが小社読者係宛お送り下さい。

送料小社負担にてお取替えいたします。

価格はカバーに表示してあります。

ISBN978-4-10-473152-7 C0095